但不相见，同行，

杨舟子 著

中国出版集团
现代出版社

图书在版编目（CIP）数据

同行，但不相见 / 杨舟子著 . -- 北京 ：现代出版
社，2017.4

ISBN 978-7-5143-6049-3

Ⅰ．①同… Ⅱ．①杨… Ⅲ．①长篇小说－中国－当代

Ⅳ．① I247.5

中国版本图书馆 CIP 数据核字（2017）第 072047 号

同行，但不相见

作　　者	杨舟子	
责任编辑	李　鹏	
出版发行	现代出版社	
地　　址	北京市安定门外安华里504号	
邮政编码	100011	
电　　话	010-64267325　010-64245264（兼传真）	
网　　址	www.1980xd.com	
电子邮箱	xiandai@vip.sina.com	
印　　刷	北京一鑫印务有限责任公司	
开　　本	710×1000　1/16	
印　　张	16	
版　　次	2017年7月第1版　2022年7月第2次印刷	
书　　号	ISBN 978-7-5143-6049-3	
定　　价	42.00元	

目 录/CONTENTS

第一章

凡是杀不死你的　势必使你更坚强

——尼采

"凡是杀不死你的，势必使你更坚强。"三年来，你一直试图杀死我，不是以你的存在，而是以你的不存在。你始终躲在暗处，在不属于这个世界的某个角落，窥视我，以你尚不成形的眼睛。你的眼睛在这世界之外，好像外星人。你睁着浑浊的眼睛，注视我，观看我像即将溺毙的孩子那样痛苦、挣扎、彷徨。你还能透过我的躯体看清我的空虚，我脑海里漫延的绝望。你的整个身体都尚未发育成熟，像是被装在某个器皿里。你旋转一下，继续隔着玻璃或者其他类似的东西看着我。是的，我们之间，眼睛与眼睛之间，隔着某样东西，穿不透的东西。你在世界之外，而我在世界之内。你眨了眨眼睛，漠不关己，然后将眼睛闭上。你看上去那样安详、恬静，冷酷到无知无觉。你尚不明白自己的冷酷。你在用自己的冷酷戕杀一个人，一个女人，一个期盼你的女人。她在痛苦中挣扎。她被你的冷酷逼到绝望的悬崖，但你仍未能将她杀死。

你不仅冷酷，且学会了愚弄。在我心灰意冷的时候，你开始编制梦境来愚弄我。在梦境里，你让我听见你的声音，看到你的笑脸。啊，那是怎样恍如天籁的孩子的声音与笑脸啊，充满多么巨大的诱惑性，就像夜莺在歌唱，花朵在盛开，蚕蛹在破茧成蝶。你继续化身成一名少年，站在很高的楼顶上，光芒万丈，散发着无与伦比的动人魅力。我抬头仰望，认定那就是你，并祈祷你来到我身边。我一次又一次做相似的梦，在诅咒命运、感到难以为继的时候，在陷入绝望、无力自拔的时候，在没有任何预感的夜晚，你一次又一次用相似的梦境来鼓励我，诱惑我，让我感到抚慰、迫切与希望……然而，每个月的鲜血如期而至，滴滴坠落，毅然决然地宣告你的冷酷、我的多情。

你未能将我杀死，却似乎有了嘲笑我的资格？嘲笑我竟然妄图用现代医学的手段来获得你，妄图用一种叫作 VIF 的程序强行将你从世界之外带到世界之内——是的，我正准备这样做。我经历了三年苦苦的等待，而你或许只是翻了几次身，或嘴角微微扯动了两下。你依然蜷缩在你自身的角落，用你尚未成形的眼睛看一看我，或者并不看我。

"凡是杀不死你的，势必使你更坚强。"当我收拾衣物，当我装扮成背包客形象，当我拖着行李走出宅居过上千个日夜的大门时，我在心里重复这句话。

我的目的地是云南丽江。一座古城。据说是休养与放松的好去处。你或许永远都不会知道有这么一个世界，这个世界除了人类，还有各种动物、植物，有阳光，有雨水，有白云，有暴风，有你凭借想象永远想象不出的旖旎风光，有都市，有乡村，有千年的山丘，有绵长的河流，有善良，有邪恶，有爱，有恨……这是一个如果你从未到过就永远也想象不出的世界。而我现在所做的，就是从一座高楼林立的喧嚣都市出发，去一个可以放松神经的地方。你该知道我的神经有多紧张，我已经患上了一种叫作"焦虑症"的病。我经常不安与噩梦，我的身体时常痉挛般紧张，连自己也无法使它放松。有时我会莫名其妙地哭泣，面对漫漫黑夜心酸而无助。我在变化，近三年我在飞速变化。这个世界拥有各个年龄段的人，各种样貌的人，各种性情的人，各种角色的人，你无法想象这中间有多么复杂，而人的变化也同样。一个人会在进入某个年龄、某个阶段、某种情形后，完全彻底变成另一个人。我简直无法相信，曾经那个自以为灵动、叛逆、追逐着自由奔跑的女生，竟然会沦陷为现在这样一个整日为生育而忧愁、而伤心欲绝的女子。我甚至为自己的这种沦陷找到了各种可以解释的理由。如果你想听，如果你想听我解释为何会如此期盼你、渴望你到这个世界来的话，我会一有机会就解释给你听，无论你是否赞同；但不是现在。现在我人在路途。我带的行李似乎太多了些，一个大密码箱，一个帆布袋，还有一个双肩背包，我把秋冬季的衣服以及所有日常必备品都塞在了里面，预计会住上一长段时间，二十多天，或者一个月，唯有如此，我才能够令自己放松下来。

此刻，我并不拥有因为远游而雀跃的心情，相反，准确地说，我只是带着一颗快要窒息的心在逃亡。因为近乎窒息而必须这样做一次。我已经在那幢新房子里宅居了上千个日夜，其中大半的日子我在熬中药喝。我的鼻子已经闻不出中药的气味，哪怕它能飘过一条河或一整道街，我也闻不见。我穿着惨白的睡衣，在一间落满窗帘的空屋子里游荡，分不清外面是白天还是黑夜。我面对镜子，问自己是谁，镜中的女子是谁。我感到一阵阵恐慌，不知道该如何将"她"与"我"合二为一。日复一日，我沉溺在希望中，沉溺在失望中，再没有什么比希望与失望的反复更迭更折磨人，更于潜移默化中消弭人的元气与意志的了。我遭受你的愚弄，昏沉沉受控于你编制的迷局；然而，我却在这一刻醒了，蓦然醒来，惊觉屋子里快没了空气，我急需要外出，出去走走，去某一个地方，抛开这里的一切。我缺氧的头脑急需要一些新鲜的空气，那么强烈，那样急切，否则会立马死掉。我在喃喃叨念着这样一句话：凡是杀不死你的，势必使你更坚强。

你也可以再将我逮回去，只需使用一点小伎俩，那些你一贯使用的小伎俩——你还在看着我吗？你已经不再看我，而我却还在看着你，即使我的眼睛没有看向你，我的灵魂也始终面向着你，充满与你对话的欲望，这一点毋庸置疑，即使在我正如此出逃的时候。你闭着眼睛的脸庞显得那样静谧，那样无辜，仿佛你从不曾也不会使用任何伎俩，一切都是我自己在胡思乱想，庸人自扰。我无法驳斥这一点，有口难辩，有理无据。就在之前，在火车站内的快餐店吃午餐的时候，我突然（或是逐渐）意识到自己的身体状况很不佳，似乎根本不足以支撑这样一次远行。我胃口全无，还感到恶心乏力；这或许只是长期宅居加上心理压力过大导致的。然而，我却没这么想，我又犹疑了起来，又唯恐这是"什么"的征兆。我已经失望到绝望，可奇迹通常会发生在绝望之后——我总是抛不开这样诡秘的奇思妙想；连医生都诊断我仍可以自然怀孕，我又拿什么彻底断了自己的念想？我又担忧是你来到了，在我绝望到出逃的时候，偏偏要等到这最后时刻，调皮地来到我的体内。有一阵，我犹豫起来，自责旅游应该选个日子，而不是如此仓促。

我想我应该乘车返回 S 城，躺到床上休息，等着你来或不来。那样无论你来或不来，我都避免了犯下不可饶恕的错误的可能性。我在快餐厅久久坐着，身旁堆满行李，但我感到自己并不像出游的人，倒更像是一名病患者。

站起身，拖着行李走出快餐厅，生病的症状却又很快消失了，我感觉自己又有了应付这次远游的精力与体力。来到候车室，静坐等候，却还是无法完全放心，于是我花了 10 元钱请人代为搬运行李，如此一来，即使你真的来了，我躺在火车上睡一觉应该没什么问题。倘若你真来了，到了目的地后，我就住下静养，而不做任何劳碌奔波，也许怡然放松的心情会更有利于你。我上了火车，请人帮忙放妥行李，却没有爬上属于自己的中铺休息，身体的症状也没有再出现。我想不过又是自己自作多情了一场，侧身坐到走廊的凳上，观望起窗外的风景。我祈祷这趟出游能看到美丽的风景，美到非凡、夺目、让人过目就不能忘的风景。出游前，我曾潦草地上网搜索了一下，那些描写风景的文字吸引了我，让人充满期待；其次就是放松神经，我相信异乎寻常的美景更能让我彻底放松神经和心情。

我一路望着普通的窗景——这样的景色因为见识太多，已然不能令我太心动，但得承认，零星还是会闪过些不错的镜头。我一直偏好荒芜的色调，喜欢枝叶稀疏的树木，当这些风景飘过时，我掏出手机拍下几张。我指望这次出游能拍到许多美丽的景致，自然没忘将相机带上，只是它被放在了箱子里，懒得折腾。车厢内的人们正逐渐熟络起来，小心翼翼地搭讪，很大声地攀谈，还有些人围成圈，热热闹闹地打起扑克牌。我孤自一人。出发前我孤自一人，出发后我仍孤自一人，不想言语，完全没有说话的愿望。三年的宅居，令我越来越沉默寡言，仿佛语言可有可无。下铺床是个瘦高个儿的男孩，同样一直很安静。他的对面铺位空着，他或是无人可说。他上身穿白色 T 恤，下身穿蓝色牛仔裤，侧身半趄在折叠起的被褥上。他侧脸的轮廓尚且不错，姿态也算得上优美——相比窗外枯燥的风景，他基本算得上一道尚可的风景。但整体说来，窗外窗内的所有风景，都无法真令我心动。我偶尔去瞟他一眼。这种欣赏对我而言无可无不可。男孩也会不时地看看我，那似乎是渴望与人交往的眼神；但我明显缺乏这种意愿。他从背包内取出一台笔记本电脑，打开了来，一个人静静地玩耍。

　夜幕降临，窗外的景色愈渐模糊。吃过泡面，洗漱过后，爬上自己的铺位。我的睡眠并不好，一整夜入睡的时间不足三分之一，其他时间都头昏脑胀，辗转反侧。到八九点的时候，我起了床去卫生间。也就这个时候，意外地，我发现自己来例假了——比预计的提前了三天，（这样的情况是少有的）竟然赶在路途中——我想避开的事偏偏发生了；而我苦苦等候的却久久沉默——殷红的、带点褐色的经血证明你确实没有来到，对于这个世界，你依然拒绝加入，依然保持你的冷酷。你依然虚无。我不知道自己的经血究竟是你的信使，还是你的咒符。它代表你来明示你的冷漠，还是代表某种诡异可怕的力量，来阻隔你我的靠近？！它曾无数次令我恐惧万分，欲哭无泪，但这一次，我很快平静地接受了它，就像接受你的冷漠，接受我自己，或接受如此的命运。

我想告诉你，这样很好，在这个时候证明你没有来并不坏，如此，我便拥有整个自由的旅程了，这趟旅程将完全为我所有。除了身体少许不适，加上头脑略有昏沉外，并没有什么令人伤心欲绝或心灰意冷的事发生，出游将填补我空洞的心。我想我应该快乐一点，因为不快乐被证明永远不会带给我任何好处。我走回车厢，走廊的凳子被占满了，瘦高男孩示意我坐对面的铺位，说："那个铺位昨晚一直都空着，没有人来。"他一开口说话，就显得比安静时稚嫩了许多，表情很羞赧。

我在对面铺位坐了下来，往后退靠住墙，这样的坐法比坐在凳子上更加舒服，只是我仍然不想结识任何人。

"你也是去昆明吗？"男孩问。

"嗯，你呢？"我勉强地应付。

"我也是到昆明。"男孩说，依然很羞赧。他过于的羞赧与他的年龄不太相称，尽管我还不清楚他的年龄——他的下巴上蓄着一小撮胡须，妨碍了我对他年龄的判断。

"你一个人？"我问。

"嗯，你也是一个人？"

"嗯。"我点了点头，将目光移向窗外，想以此结束这种陌生人与陌生人之间的搭讪。

"你猜猜我多大？"男孩迟迟疑疑地问。

"你多大？"我问。

"我是 93 年生的，是不是看不出来？"

"你才 18 岁？"我很快算出了他的实龄。

"呃，虚岁是 19 岁……是不是看不出来？"

"还真看不出来。"我笑了笑。公元 1993 年出生的人竟然已长成如此成人的模样，这让离群索居三年之久的我颇感惊讶。

"是因为我留胡子了吧？"男孩说，依然羞赧，又带点儿得意，"这是我第一次留胡子，我就想这样看起来会成熟些。"

"为什么想看起来成熟些？"

男孩笑而不答。

"看来我真老了，你 90 后的人都长这么大了。"我感叹地说。

"可你看起来也不大啊，你应该比我大不了多少吧？"

"嗬——我可比你大多了。"

"你有 22 岁吗？"

我哑然失笑，对他估计年龄的能力表示无语，而绷紧的神经却在这番对话中松弛了下来。一个 18 岁的小男孩，着实用不着严肃；所谓人与人之间的隔阂、距离、猜忌等，也因为他的 18 岁，一扫而空。可以说，在接下来的时间里，我与他相处的颇为愉快，男孩对我也颇为信赖，将自己的事以及家庭的事毫无保留地说给我听：自幼由奶奶一把带大，父母在外打工，包工程做，去年初中毕业后才被带到父母身边，但与他们始终合不来，这次便是因为跟母亲吵了架，独自跑了出来。

"其实，他们对我还是蛮大方，我想要电脑，他们就给我买了这个。

我怕放在出租屋里被人偷了，还是随身带着保险些。"男孩瞄我一眼，不太好意思地笑了笑。

"他们对你是挺好的。"我附和。

"嗯，可我对他们没有感情，不喜欢他们，更不喜欢他们来管我，他们一管我，我就会跟他们吵架。"男孩说。

对这个男孩的内心世界，我饶有兴致，但因为刚认识，倒不想像个大人般地去教化，只是聆听着，偶尔回应一下。

"最近我心里总是很迷茫，不知道怎么办，读书的时候不想读，可现在又不知道自己该做什么。我妈让我去学电工，可我不想当电工。什么都不想学。我每天都不知道自己该做什么，以后该做什么。好像什么都不会做。这些问题每天都纠缠着我，挺难受的；就干脆跑出来旅游了。"男孩一边说，一边敲击鼠标，"你会电脑吗？"

"会一点。"

"你能帮我把这两张照片合在一起吗？"

我坐了过去，帮他合并照片。"这是你妈妈？"

"不是。是我奶奶。"男孩按住鼠标，开始将电脑储存里的照片一页页翻给我看。

"都是你奶奶，没有你妈妈的吗？"

"没有。"

"一张都没有？"

"一张都没有。"

"那你妈妈知道？"

"她知道。"

"那她应该蛮失望的吧？"

"她失望也没办法。"男孩开心地笑了笑。

我不再言语，脑中闪现一个失望母亲的形象。我想倘若自己是她的话，我一定不会只是一味失望，我会有更多的作为，并坚信自己一定能将他再教育好，让他与自己逐渐亲密。我对此颇有几分信心，何况男孩的本性不坏。无论如何，我在心里羡慕那位母亲，替她感到幸福，因为她拥有这样一个瘦高个儿的孩子。

这个瘦高的男孩随即播放起一首好听的音乐，一首吟唱曲，歌曲在车厢内很小的空间，几乎只在我与他之间回荡。我问他歌曲的名字。他回答：《天空之城》。我说很好听。他随后便不断重复播放这首曲子。他始终认定我也不大，二十二三岁，肯定不超过25岁。我承认自己此身穿着打扮绝不像到了如此想当母亲年龄的人，我曾听从一位不到20岁的营业员的推荐，买下了一双粉红色的韩版靴子，把它穿在了现在的双脚上。除此之外，我穿韩版蝙蝠衫，紧身牛仔裤，戴鸭舌帽，如此着装打扮，足够让许多女人看起来像女孩。我也不能完全忽视他是个正快速成长起来的男性，身上流淌着几分浅淡的荷尔蒙味道，这让我有必要与他保持该有的距离。看完相册，吃了碗方便面，便又爬回自己的床铺；感到困倦，闭目休息。音乐的声音被男孩调大了些，仍在重复那首吟唱的《天空之城》，像是有人在用心地守护。伴随清幽幽的旋律，我迷迷糊糊入睡。

从中午十二点半睡到下午两点，火车即将到达终点站——昆明站，而男孩的电脑依然在播放那同一首歌曲。见我醒来，男孩大声地说了句："你醒了！"似乎很兴奋。人们纷纷从行李架上取行李，准备下车。我让男孩帮忙从行李架上取行李，男孩自然很乐意地帮了忙。

关于这座城市，我无法像导游那样滔滔不绝地为你讲解一番，事实上我也只是一名游客，第一次踏上这片陌生的土地，而且我在此仅滞留一个下午。我没有告诉男孩我接下去的行程，尽管他要跟着我的可能性不大，但我还是必须杜绝这种可能性。当男孩停下来等我的时候，我示意他先行，而我自己有意放慢步子，跟他拉远距离，直到他消失不见。是的，我只想一个人旅行，一个人游走，享受沉默，享受孤独，而不是像个大人般还拖着个半大不大的油瓶。

办理好寄存，买好夜晚十点半开往丽江的火车票，接着在火车站周围闲逛了一圈，如此两三个小时过后，我开始感到无聊和焦躁。我并不能如自己所想象的那样，接下来享受孤独。如果说在房间里，孤独让人感到寂寞与消沉的话，那么在人群中的孤独，竟然是让人难以忍受的。我开始后悔不该刻意与那个男孩分开，如果没有分开，那么就不至于像现在这样百无聊赖，也许还能玩得很开心。我为什么总是一次次选择让自己不快乐的途径？到发现时为时已晚，而下一次我却还是同样选择——不仅是你在长久折磨我，我自己也在长久折磨我自己；并且，不仅是你习惯了将冷漠施予我，我同样也习惯了将冷漠施予他人！

夜幕降临，气温急剧下降，当华灯初上，独自在人群中因孤寂无聊而焦躁不安的时候，我突然想到我该对男孩说一句话，这句话在我的脑海里盘旋了起来。无论这句话能否起到作用，我都该对他说出来。我该对他说一句：既然你的母亲，既然老天爷给了你生命，给了你还不错的身躯，给了你灵魂，给了这样一个你自己，那么，无论如何，请你一定要珍惜，要努力。我脑海反复盘旋着这句话。我应该对他说出来，在他表达迷惘的时候，或者在最后分手的时刻，无论他是否听得懂，听得进，能否会意，即使需要我求着他听，我也愿意，只为这句话能对他说出来，也哪怕这句话会招来他的嘲弄甚至羞辱。然而不能够，他已经消失了，在他向我诉说迷惘的时候，我竟然连一句安慰一句鼓舞的话也没有说。

我感到遗憾。深深的遗憾。我不是一个说教家，我只是感到一个生命，一个新鲜而绚烂的生命来到这个世间并没有想象中那么轻易，甚至是多么不易。我被一种焦躁夹杂着遗憾的情绪控制着，控制了相当长的时间。我尽量安抚起自己糟糕的情绪，想办法打发无所事事的光阴，随即进了一家小书店，翻看起书籍。一个半小时后，在离开书店时，我顺带买下了一本有关云南旅游的书，以及一张云南地图。

这不是旅游的好季节，已经 11 月中旬，夜晚的气温骤然降到很低，冷风吹着，夜幕里我冻得发抖，厚衣服都被装在行李箱内寄存了。为了不至于感冒，从书店出来不久，我便去取回了行李，将外套穿上。9点刚过，到达候车室，情绪好转，静坐在椅子上等候。室内基本都是游客，来自四面八方。究竟有哪些类别的人能够在这个季节里出游呢？自由职业者？个体户？或者像我这样辞职后的无业游民？抑或是刚经历过故事而不顾一切出逃的人？不得而知。有人说，丽江是一个人们带着故事去，又带着故事离开的地方。但经过一番观察，似乎并没有谁的脸上明显地写着故事。或许，是因为人们都很善忘吧，人们从一个地方逃到另一个地方，就很容易摆脱曾经的苦与痛，将愁苦从脸上抹去。这大概就是旅游的最大好处。我所注意到的是一个外国游客，西方人，金黄色的头发，背着很大的专业旅行包。我猜测他的年龄与我相差不大，只是他的两腮、唇上唇下都留满了胡子，使他看似历经沧桑，有一种成熟、闲散而又坚毅之美。

在我的旁边，坐过来一对欢快的青年男女，乍看去很像一对般配的情侣，可听他们的谈笑，原来他们对彼此也不熟络，只是初相识。女孩在拷问男孩究竟有多大，男孩笑着一口咬定自己 16 岁。两人说的是粤语，在异地他乡听起来几分亲切。我打量了男孩一眼，戴一副黑边框眼镜，皮肤白皙，五官精致，气质温文尔雅，看上去二十三四岁的样子，但实际上也许是不止的。

"嘿，你好，你猜猜他多少岁？"女孩在无计可施的情形下，用普通话求助于我。

我再次打量了量男孩。

"他说他16岁，你相信吗？"女孩未等我说话，迫不及待地接着问。

"你真的16岁吗？"我微蹙眉头，茫然地问男孩。在那片刻，年龄恍惚成为一个无比抽象的概念，我对于自己的判断突然完全失去把握。

男孩也露出同样茫然的表情。女孩解释，男孩是香港人，在加拿大长大，听不懂国语，只会粤语和英语；而她自己是广东人，正好可充当翻译。

女孩对男孩说："你看，她都不信你16岁啦，你是不是26岁？别再骗我啦。"

"我没有骗你，我真是16岁，你们不信，我都没有办法。"男孩一脸认真地说，随即仍又欢笑起来。

他笑得淡定且从容。两人继续用粤语谈笑。我想女孩并非真的那么想辨别16岁的真假，她对男孩的年龄已有了心理估算，只是想得到确认罢了。而男孩，或许只是以此开开玩笑，打打趣；也或许，对于从小在加拿大长大的他而言，年龄属于个人隐私，他选择用这种幽默的方式，来跨越文化差异的裂缝。

嗬，孩子，我为什么要跟你唠叨这些，这件毫无意义的事？我为什么会反复提到年龄这概念？大概就因为我潜意识里想忘掉自己的年龄吧。唯有忘掉年龄，我的心才能获得自由。或许我根本就不想带你参与这趟旅程，我想把你以及对你的热望一同锁在S城那栋空荡荡的屋子里——即使有骏明在的时候，它也依旧显得那样空荡。但因为你——因为你是虚无的存在，因为你的眼睛无处不在，使我无从摆脱，但我至少能放下对你的热望。唯有忘掉年龄，我才能做到这一点，因为对你的热望与年龄紧密相连。当我一想到自己的年龄，想到那个数字，就好像有冰凉的刀片划过，而你的冷酷就是伤口流出来的血，彰显着疼痛。所以，我需要忘掉年龄，就像扔掉那块随身的刀片，告诉自己，这是属于自由与放松的旅程。没有迫切的热望，便没有无端笼罩的落寞。

我上了火车，火车在黑夜中准时启动，而黑夜的尽头、火车的尽头，将是我期待的黎明与古城。这让我心有所慰。我昏沉沉只想睡觉了——而你，孩子，是否也想睡了？或是……已经睡了？

第二章

意志就是求生意志，它永久的敌人是死亡。……它能用生殖的策略和牺牲生殖来击败死亡。……生殖是一切生物体的最终目的和最强烈的本能。

——叔本华

一整夜我睡眠尚可，从清晨的晨光中醒来，火车已快要到站了。我起了床，头脑新鲜，目光也新鲜地打量窗外。我已身处目的地——"彩云之南"的丽江了。我确信我将看到很多美丽的景致——蓝天、白云、流水、山脉、植物……由这一切组成的一幅幅美妙动人的画。我将呼吸到清冽的空气。这种空气在我居住了十余年的大都市里永远也呼吸不到。我充满期待，就像身患重症的人在等待见到一位德艺双馨的医学专家。穿好外套，走出火车站，眼前的风景没有令我失望。我放下箱子，端着相机，脚步轻盈地向护栏走去，同时深深地吸了几口。

孩子，你是否也已醒来，迎接这新的一天？你是否同样能看到我眼前的风景？更加蔚蓝的天空，更清冽的空气，还有远处那一座巨大的雪山，金色的朝阳正照射它，看上去是不是很奇特——我们从来没见过这样美的山，不是吗？还有树木，近处黄色的、红色的树木，我们一时间还辨不清这些陌生的树种，但它们使整个画面多么斑斓，足以欣赏。

我一边拍摄远处的雪山，一边等待来接我的人。在出发之前，我已通过网络，联系好一家客栈，客栈的主人叫小美，是个27岁的女孩，她预订了一名司机前来接站。我与司机刚通了电话，是一名中年男性，这令我无端生出几分忐忑。我想我总是容易对未知的陌生人充满戒备，这是生活在大都市十几年所烙下的印迹；而长时间像冬蛇一样的宅居，让这种印迹变本加厉。当卡车在荒郊野外行驶着的时候，我表面故作轻松，但内心却几乎是诚惶诚恐的，直到能望见前方的城区了，才总算松了口气。司机将车开进一个小区，拐过两道弯，停住了。我跟随他下车。

这是一个普通的别墅群小区，之所以说普通，是因为我尚未发现它的任何古城特色。司机拖着我的行李箱走在前面，我自己则背着双肩包，拖着帆布袋，跟在后面。轮子在鹅卵石铺就的小路上磕磕碰碰，发出很响的咔嚓声。我带着一种莫名的忧伤情绪，一边走，一边倾听轮子巨大的声响。有一阵，那种忧伤的情绪突然变得格外强烈，几乎让人陷入无望的恐惧。这让我意识到自己出游的心其实是多么黯淡无光，但除了暗自鼓励自己打起精神外，我不知道还能做些什么别的。

进入一个养着花草的庭院，见到小美。她比想象中的高大，却不如想象中热情，几乎有点儿冷淡——或许这只是我的一时错觉，或许因为她刚刚起床，还穿着睡衣，头脑尚未完全清醒。她说：原来是个美女。之后便省略了问我的名字，直接称呼我为"美女"，我想她大概没猜到我比她还大几岁吧。懒得纠正，随便她吧。她领着我爬上三楼，说只剩三楼的两间空房了，接着将两间房都打开了来，让我挑选。一间双床房，一间大床的套间。我选了后者。价格是每晚 100 元。她打着哈欠，说这么大的套间，100 元不能再便宜，但如果我能住满一个月的话，她可以按每天 70 元来算；随后她问我，愿不愿意跟人拼房，有个女孩也一人住，想找人拼房。我犹豫了一下——其实根本无需犹豫——说，暂时还不想，想一个人先住着，到时需要的话再跟她说。她表示理解，转身下楼。

是的，这个时候我可不想与人合住，哪怕能省出一半的房钱，我萧条的心只想一个人安静。我绝对受不了在我想安静的时候，一个陌生女孩在我耳边叽叽喳喳，或者一个不投缘的人在我面前晃来晃去。我想大概接下去的日子，我也只想一人独住，何况我是如此习惯独处。

应该说，我对这间房很满意，空间很大，有独立客厅，床也很大，铺着纯白的蚕丝被。窗户向东，对着朝阳，几乎占了整面墙。我将窗帘拉开了一半，让阳光照射进来。行李整理好之后，我便站在窗边的沙发椅旁晒起太阳。人们都说，来丽江就是来晒着太阳发呆的。我很享受能这样静静地晒晒太阳。这里的太阳似乎要更加温暖，更加炽热，好像童年时期家乡的太阳。阳光穿透玻璃，照在沙发上、地板上，也照在桌子上，以及桌上的梳妆镜上。这情景也很像记忆中的童年——我对很多年前家里的那面梳妆镜始终记忆如新。一边晒着太阳，一边便不由自主地追忆起了很多年前的家，很多年前的太阳，似曾相识感油然而生；然后我从镜中端详现在的自己。我对镜中的整体形象尚且满意。记得那位不到20岁的营业员在向我推荐这双暖色的靴子时，反复强调我给人的感觉是太沉重了，应该穿些亮色系的来弥补。现在我觉得她说得有几分道理。三年的挣扎与困境，使我从一个孤傲、任性与倔强的女孩，蜕变成如今这样一个沉着、寂静与低调的女子，这大概便是你给我的唯一好处——如果这能算得上的话。因为长时间极少晒太阳，镜子里的我肌肤白皙，几乎带点苍白；也或因为我极少大笑，以致脸上还没出现任何细微的皱纹。也就是说，像那位香港男孩一样，我同样拥有一张可以隐藏年龄的脸，我可以凭借这一点，来让自己忘掉年龄，而你，再也无法时刻操控我——你要知道，你曾经是多么隐秘而强悍地操控了我上千个日夜。那在现在看来——尽管只过了两个昼夜，却因远隔千山万水，而恍若一段不堪回首的过往。

因为毫无睡意，我打算出去走走，顺便吃早餐。下楼的时候，没遇到任何人，有两间客房的门上挂着"请勿打扰"的牌子。我静悄悄地开门，出了客栈，走出小区，沿着一条东西方向的人行道行走，准备随意逛上一逛，大致了解了解。但所见让我失望，因为到目前为止，我尚看不出这座闻名中外的小城与别的普通县城有什么明显的区别，而且与我收集到的资料图片相去甚远。走进一家早餐店，吃了碗云南米线出来后右拐，漫步入另一条街道，我相信我憧憬过的千年古城不会就仅仅眼前这个样子。我一边信步向前，一边留心路两旁的建筑，约莫一刻钟，才终于发现了一栋与图片上相仿的古建筑，建在偏高的坡上，被路边的篱笆隔着。继续向前，仍又发现了几栋相仿的古建筑，当我从一栋古建筑旁的小路拐进去之后，我才知道，原来自己所住的别墅处在新城区，而眼前才真正是人们所指的古城——丽江大研古城。

我在城中逛了起来。这里可谓别有洞天，一栋栋古式建筑紧挨，巷子与巷子纵横交错。青石地板，木质的古建筑漆着暗黄的油漆，闪着古色的光芒。逛过几道小巷，尚不清楚它的面积究竟有多大，只是觉得格外宁静，或许时间尚早，只遇见寥寥数人，模样看上去都像是游客。少数客栈的门虚掩，或半敞开，而大多古建筑的门仍旧紧闭。晨光从屋顶照射下来，使每条巷子都处于半明半暗之中，幽深而静寂。突然从前方的拐角处传来十分欢快的乐曲，欢快的笛子声，欢快的鼓点声，欢快的歌声，组合成极其欢快的舞曲，它突然冒出来，打破整片寂静——似乎不远处就有一群正在跳欢快舞曲的人们。我停下脚步，聆听了一阵，欢快的舞曲像是在引诱我继续前行，但我还是当机立断，决定返回。今天是例假的第二天，也是我最不舒服的日子，已经走了不少路了，我不该在这一天让自己太劳累。

孩子，就在刚才，走在接近别墅的那一段鹅卵石路的时候，我看到了一双眼睛，一双清澈、无邪、亲切而又甜柔的眼睛，恍惚梦境中你凝视我的双眸。那双眸同样凝视了我。我与他相互凝视了两到三秒。但我没有看清他的模样，仅仅就看见那样一双眼睛。他夹杂在一群人当中，是个三男两女的组合。当我与他们迎面而过时，我所去注意的是走在最前面的那个人，一个身材娇小、戴着一顶红帽子的女孩。她侧着身，在询问后面的人去吃什么早餐，说她不想吃米线，太油腻了。我听着她说话，抬了下视线，便遇见了这样一双清眸，让我刹那间有些恍惚，尚未回神，来不及仔细辨认，便已擦身而过。我没有回过头去看，没有留恋，但是在这样萧飒的淡季，这样陌生的城市，能遇上这样一双颇像梦中的你一般亲切、无邪而又甜柔的眼睛，不能不说是一种甜蜜的安慰，仿佛是这座城市为我的到来而送出的一份温情的礼物。

现在，回到别墅，回到自己的套间，阳光依然照射进窗，照到了床上来，我就躺在阳光的旁边，准备睡上一觉。但我尚没有睡意。例假在提醒你的虚无，我看着天花板，恍惚又看见了你。你既虚无，又存在。那么，现在，在这样既不想睡觉又安静无聊的时光里，我该对你说些什么呢？说说我为什么如此执着地要你到这个世界上来？记得在路途的时候，我便答应了一有机会就给你解释。那么，好吧，现在，就让我试着来回答这个问题。

我为什么要你到这个世界上来？这是个复杂且没有准确答案的问题，我只能试着给予一些我的理由。我首先需要引入一个概念，哲学家叔本华为解释自身性学观点而设定的一个概念：种族意志。正如你所不知道，这个世界的生物由各种不同的种族构成。面对残酷的物竞天择、适者生存的法则，每个种族都在竭尽所能，各显神通，但这还不够，还需要极其重要极其关键的一点，那就是生殖；唯有生殖与繁衍，才可能令自身的种族持续存在下去。人类这个种族也一样。人类为了顺利实现生殖与繁衍的目的，有了男欢女爱，有了性欲，并有了婚姻。这就是哲学家叔本华的性学观点。所谓的"种族意志"，就是一个种族所具有的使自身种族存在下去的求生意志。种族把自己的这种意志转移到个人意志上来，在这位哲学家的观点里，甚至个人的男欢女爱、婚姻乃至性欲，都是种族意志在个人身上的体现，它全部的目的就在于种族的繁衍。

这样的观点，曾令年少时的我大为惊愕，并加以排斥与嘲弄；如今，我仍然无法完全认同，我仍然固执地相信这个世界存在极其纯粹与美好的男欢女爱；但我却无法再对他排斥，更别说嘲弄。他说，为了对抗与击败死亡，生殖是一切生物体的最终目的和最强烈的本能。

孩子，唯有当一个人已度过自身最美好的花季年华，已到了该花谢结果，已伸手真正就能触及到衰老与死亡的时候，尤其像我这样一夜夜眼前只浮现虚无时，才能深刻体会到个体的求生意志——如叔本华所说的——是何其强烈，甚至不惜以自身的死亡来换取。

一个著名的女人曾说，在她一生中，只嫉妒过有孩子的女人。她说：没有后代而死等于死了两次，就像无花的植物、无果的树木一样可怕，这意味着永远的死亡。这种恐惧感——对"永远的死亡"的恐惧感曾猛烈地袭击着我，几乎将我击垮。虽然我从不认为自己的基因有多优秀，以致非得遗传下去，（何况我更认为基因属于整个种族，不存在"我"的基因）但我那么需要你的到来，来帮我摆脱最终面临两次死亡及"永远的死亡"的恐惧，摆脱如此深刻的不幸。因为，唯有生殖——唯有你的到来，才足以对抗我的最终死亡，其他一切——在死亡面前——都是那样苍白无力。

我还可以说出其他一些理由，比如，我需要你来减低我的孤独，给我带来幸福和欢乐，我相信这个世界上，没有任何人比你更能消除我的孤独，更能带给我幸福和欢乐。我还需要你来确认我作为完整女人的身份，来证明我同样拥有抚养和教育的能力。如此等等。总而言之，我一生将有许多意义，需要你的到来我方能实现。你的虚无，将令我手足无措。

曾有一个做节目主持的女人说："女人如果没生孩子，她所面临的是衰老，是没有希望的绝望；而当她有了孩子，她看着孩子一天天长大，她每天都充满着希望，她是在充满希望中不知不觉变老的，她所面临的永远是希望的东西。"是的，没错，我同样需要这样的希望，以对抗自己即将的衰老。

听到这里，你是否已有了些厌烦？你会觉得这些答案和理由完全出自我的私心，我是迫于自己的私心而要求你到这世界上来，我似乎根本没有考虑过生命本身是否快乐，你还会大声地诘问我是否过得快乐，为什么总见我愁眉不展，为什么见过我无数回哭泣——如果你能够发出声音，你的声音会很大。

不，孩子，我考虑过这些，我思考过的比你想象的还要多，我甚至曾这样安慰自己：也许牺牲我自己，不把你带到这个世界上来，将是一件功德无量的事。当失眠的深夜（这是煎熬的时刻，因为深夜总能将白天避开的痛苦放大数倍来呈现，来纠缠你虚弱的神经，会令你感到自己是多么渺小，而你的敌人——痛苦与绝望却多么强大）我无声哭泣，眼泪一滴滴滑落脸庞，我就在想，既然生命如此多痛苦，我为什么还一定要诞生你？！

曾有一夜，在做过卵巢手术后，我在G城休养，我的母亲出于担心，坚持要过来照顾（年老之后的母亲与年轻时的母亲性情判若两人）。那夜我跟母亲一起睡（我们已经很多年不曾一起睡了），我蜷缩着身体，回顾自己的人生，我感到自己的人生经历过的痛苦实在太多，却还将无休止地承受更多的新痛苦。那一夜，在母亲入睡之后，我听着母亲沉重的呼吸声，我是多么希望自己能变小，再变小，变回胚胎，重新爬回母亲的子宫，爬回虚无。我一遍遍无声发问：妈妈，既然生存如此痛苦，为什么要把我生下来？！

回顾我的生命历程，我只能诚恳地告诉你，我的生命并不美好，我从小生长在一个吵闹的、缺乏温情的、摇摇欲坠的、随时都可能彻底破碎的家庭，父亲离家而去，长年在外，母亲操持一切，精疲力竭；我在一种严重缺爱的环境下成长，以致树立起十分悲观的人生观。许多年，我都沉浸在悲观的情绪中无力自拔，对我来说，美好总是那样短暂、虚妄，仿佛并不真实，真实存在的只有悲剧和痛苦；在我无限渴望美好的季节，我所发现的只有父亲一次次的欺骗与无情和母亲一次次的眼泪与绝望；我不敢再相信美好的真实性，更别说长久性，而宁愿躲在叔本华的书本里聊以自慰。也就是说，从我生命的开始，美好就离我很远，我必须凭着自己之后的极大努力，才能一点点完善自己，修正自己。

我从未想为了蛊惑你，而将这个世界吹嘘得有多么美好，我更不会欺骗你，说这个世界有一个仁慈的上帝在照看。事实上，仅以我的经验，我就明白这个世界上并没有一个仁慈的上帝。所谓的上帝，就是在明知有人即将被冻死的时候，仍然会无情地降下一场大雪。当我经历反复的挫折、痛苦与绝望之后，我终于看清了这一点。四年前，当我在众人的惋惜声中，毅然决然地辞去 G 城优越的工作，来到 S 城与丈夫团聚，当我们开始期待一个属于我们的新生命，当我满怀憧憬地躺到病床上去做我自以为只是过场式的孕前检查，等待我的却是已大到必须动手术的卵巢肿瘤，并由此成为我无休止的噩梦开端。永远别指望有上帝在聆听世人的诉求，更别指望它能出面拯救。你只有你自己。你会知道，在虚无的上帝面前，人类是多么渺小、孤独、悲伤而又无助。

可是，这一切并不能成为我不诞生你的理由，因为即使有这一切存在，这一切也只能概括成一句：这个世界充满痛苦，由挫折、疾病、不公等等所带来的痛苦。但是，这个世界除此之外，还存在许许多多别的——存在许多名词，来点明这个世界的丰饶多彩；存在许多动词，来证明这个世界的动感恒变；还存在许多形容词，来体现这个世界的矛盾与冲突……于我而言，最能说服我将你带到这个世间的理由就是：体验。美妙绝伦的体验，突如其来、不知怎么就撞上了，而一旦撞上便终生难忘的这一类体验。这样的体验或许在你一生中出现的不多，但你一定能遇上几回。当你遇上的时候，你将确信：即使人生充满痛苦，但仍然胜过虚无。对于我亦是如此，当我回忆那些美好、难忘的体验时，无论怎样畏惧痛苦，我都仍然感激母亲将我带到这个世界上来，让我得以此番体验。

是否听到这儿，你仍然不为所动？你会认为遭遇痛苦与体验美妙分庭抗礼，不存在此胜于彼，即使后者胜过前者，你也还是拥有选择虚无的权利。你会说，你已习惯虚无，不想去冒任何的险。你还会说，我的问题与你无关，这一切全是我自己的问题；因为我的存在，而存在的问题；但你是虚无的，所以你有完全不予理会并继续虚无的权利。

你果真拥有这样的权利吗？不，孩子，我要告诉你，你没有。正如在我还处于虚无时，我不具有一样。

那么，来看看我是怎样到这个世间来的吧，你将知道，我并不具有这项权利。那是一个再普通不过的家庭，坐落在一个偏僻、自给自足的小镇，那里的人们世代遵照相同的观念生活，从来不需要问为什么。一切都是那么自然而然而又理所当然。那个家庭的父亲是单传。他们已经有了两个女儿，但他们还急需要一个儿子，于是便有了我——尽管我不是儿子。也就是说，我是在我父母的生育意志下，来到这个世界的，并非我的意愿，更非我的选择。在我处于虚无之时，我并没有任何选择的权利，甚至也不论我父母的选择，当那一个精子与那一个卵子相结合，我便已经存在了。唯有在我存在之后，我或许才拥有继续存在或死亡的部分权利。

所以，孩子，你是否已明白，当你虚无时，你并没有选择虚无的权利，虚无的本身就意味一切权利的丧失，而我因为存在，却具有人类这个种族所赋予的生育权，这种权利甚至受到法律保护，无人可剥夺，你更无从剥夺。你唯有放弃你的冷漠，跟我一道，为来到这个世间而努力。如果你果真能做到这一点，能放下你的冷漠，跟我一起期待，那么我便已感到宽慰。这样，当我遥望你时，我便不会再感到那样冰冷，而是几分温暖。

孩子，你能做到吗？你是否已改变你的态度？或者你能否开始试着改变你的态度，抛开对痛苦的恐惧，对虚无的依恋，开始对我生存的这个世间充满憧憬？就像我一样，当我存在之后，当我还在母亲肚子里的时候，我不仅选择了继续存在，并且为了胜利地到达这个世界，我甚至使用上了伎俩。我让母亲以为我是男孩无疑；我给母亲许多假象，包括母亲的胃口、母亲肚子的形状，甚至母亲所做的梦；尽管我的出生给全家人带来莫大的失望，但我自己终于是顽强地来到了人间。

那个时候，我对这个世间同样浑然不知，我不知道有痛苦，更不知道自己将要经历怎样的人生。可是，孩子，我要告诉你，这就是生命。生命是在一种无畏的精神中诞生的。换句话说，一切生命，都是背负生命的含义，勇敢而无畏地到来的——软弱是后来的事，与生命本身、生命起源无关。就像一个渴望强大而不被吞没的国家，他的士兵只有勇敢作战的权利，而没有弃甲溃逃的权利。那么，孩子，当你明白了这一切之后，你是否也能抛开对痛苦的恐惧，变得勇敢和无畏；而当你做到这一点之后，你是否也在期待到这个世间来？

现在，你仍是如此安静，而你的双目在混沌中似乎一点点清晰起来。它们慢慢睁开，看着我，目光中像是闪烁着一线喜悦。是这样吗？还是因为阳光的缘故，阳光的温暖，这种温暖在告诉我，你其实愿意到这个世间来，你并非我曾以为的那么冷漠？？

真是如此吗？！是否并非你不愿意来？是否你也在期待到来，只是你尚无法来到，因为我的缘故？是否事实正是如此——我居然完全弄错了。我一直在错怪你，将属于自己的罪责全推到了你的头上？！

是的，突然间明白这一切让我感到难受，由对你的哀怨转化为哀伤；但是，孩子，承负这样的哀伤要比抬头看到你的冷漠好得多，温馨得多。

现在，阳光已经照到了身上。我起身去拉上了窗帘，但房间里仍旧充满阳光的味道和温暖。窗外很安静。我开始相信自己果断逃出那间屋子，千里迢迢来到这里是对的。

我该睡一觉了，孩子，午安。

第二章

罗马天主教的教义承认，孩子是婚姻的目的之一。他们的结论是，不以孩子为目的的性交是罪恶的，但它却没有允许人们因不能生育而解除婚约。

——《人性》（M卷）

今天已是到丽江的第三天了。前天午睡后我仍又去逛了古城，昨天依旧是逛古城。青石路，古建筑，小桥流水，陌生的游人，悠闲惬意。从一间间没多少商业气息的店铺里飘扬出同一曲清幽冷雅的歌声，此消彼长，此断彼续。很动听的旋律，寂寥的歌喉。走进一间淘碟店，方知道这首歌名《滴答》，歌手侃侃。从古城走出去的一名女歌手，将这首歌留在了古城，成为大街小巷日日夜夜都在重复播放的曲目。

昨天下午我迷了路。在古城中漫无目的地溜达，为拍照而深入僻静之隅，最终导致迷路。穿出古城，眼前竟是一片郊野，群山远立，空无人影，且夜幕降临，所幸不久便发现了一处加油站，并在那儿搭到了一辆的士。而我也忘了年龄，忘了你，穿着一身年轻女孩的装束，是那般悠游自在。或许，人的心境并没有想象中那么难以转变，尤其是在换了环境之后——我的心情正在好转，而且速度颇快。

但夜晚的睡眠仍不太好，难以入眠，不知是否跟高原反应相关，丽江的海拔虽算不上太高，但比起 S 城还是要高许多；抑或是我的身心仍未能够完全放松，我的神经仍持续着一丝惯性的紧张，我需要到很晚——大概凌晨三四点钟——方能入睡，所以也就起得很晚。现在已是十点半了，我才刚刚起床。拉开窗帘，阳光依旧是这样明媚，这样温暖。我刷牙、洗脸，更衣，然后开始化妆。我已经很长时间没有过化妆的心情，现在却觉得理所应当，满怀雅兴，一两年前购买的化妆品，到现在才得以用上。我对镜贴花黄，不得不说，我看起来确实比实际年龄显年轻。在我这个年龄，31 岁，很多女子的容貌都从女孩变成女人，因为她们都已饱经生育之劳苦，我的许多年纪相仿的女同学、女朋友都正是在这几年内加速老去，她们的脸上都已出现或深或浅的皱纹，当她们抱着她们的孩子幸福地大笑时，那样的皱纹还会相当明显。我尚没有经历那一切，所以我保持了这样的年轻。但我从未沾沾自喜过，当人们说我看起来仍然很年轻时，我却总感觉自己会在某一天突然衰老，以比别人快得多的速度，迅速地苍老。我总带有这样的感觉，我觉得我现在的年轻并不真实，某一天我的衰老速度将大大超过我如今滞缓的程度，就像陨星滑落那样，苍凉，而无可阻挡。

孩子，真的，我早已做好了随时为你而衰老的准备，如果能够因为你而衰老，将是我人生最大的幸福。我从未害怕过衰老。只是你现在还没有来，所以我可以放心地化化妆，享受享受现在的年轻。我已收拾好自己。今天仍是逛古城，顺带找找旅行团。我的例假即将来完，再过几天，我会跟团出去外游，行程将包含香格里拉及雨崩两地。这是我最向往的两个地方，人们分别将它们形容为"世界上最后一块净土"和"世外桃源"。我非常期待，脑海已不由自主浮现那些奇幻美景了，似乎只要一投身那般美景，就能烦恼全消，终生不忘。或许我总在渴望那般体验，以对抗生命的枯燥冗长，证明生命价值所在；就像一道清爽的风，划过记忆的长空，似去未去，恒久弥留，只要一念起，便恍惚美好无限。虽然到丽江三天，也见识到一些未曾见过的画面，但却不曾出现那样动人的景致。我期待能够真正遇见，至少一次。可说实在的，我对此没有太大把握，因为文字与真实总是存在差距，何况仅工作的那些年，我便与过去的同事们游历过足够多的风景区。我见过很碧绿的湖水，很湛蓝的海水，都像翡翠般透明无瑕；也见过很美的山，在山间泛舟而下；还有灯光璀璨的熔岩洞，像墓地般庄严清寂的高尔夫公园，烟雾迷离的广场音乐喷泉，让人心激荡不已的大型表演，如此等等，我不知道还存在什么风景能真正打动我心，我的心或许已变得相当迟钝，越来越难以被打动；可我仍然充满期待。我的心灵似乎始终存有一处空缺，我需要寻找到什么来填补。

我还将去一个地方——滴血求子洞。不为看风景，而是为了你。你一听到这个名字就该知道。我是从刚买的《云南旅游宝典》上看到的。一看到这个名字，我就把这一页折叠了起来，还立马拿起了地图，寻找所属地宝山石城，并用笔画上横线。我一定会去这个地方，无论我是否信神。事实上，孩子，我并不信神，当我一再遭受失望的时候，我便不再相信有神灵。我就想去那个地方，以将自己的愿望表达出来——这就是我的心境：我需要一个地方表达出内心长久而深切的愿望，而它正是那个地方。

此刻的阳光又正照在梳妆镜上，这让我想来告诉你关于自己的一个难忘的体验。那或许只是很寻常的事，可于我回忆起来却总是那样美好。那该是个下午，很多年前的某个周末的午后，也或许是暑假的某个午后，只剩我一人在家。那时的我还是个孩子，扎着马尾辫。不记得屋外的天气，只记得屋内光线暗淡。小女孩的我独自一人在看电视，是在母亲房间里。她是那样专注、认真，完完全全地沉浸。这些并不是最重要的，最重要的是，她在看过那部电影节目后的心情：她完全陶醉其中了，她的心里充满从未感受过的愉悦。那时的她究竟有多大？七八岁或是已有九至十岁，我无法记清，我唯一能确定的是，那个格外神清气爽充满生机的小女孩，她的每一颗圆润的细胞，每一根敏感的神经，都在吸纳着那令她无比新鲜与好奇的事物。那个时候，她还不知道那事物被人们通称为艺术。第二天，仍然是午后，仍然屋子里只剩她一个人。她端来凳子，像昨天那样端端正正地坐着，在相同的时刻，开始了另一部影片，让她仍然像昨天那样专注、认真，完全沉浸其中。当她看完了，她走出母亲的房间，独自倚在大门边上，看着夜幕降临的屋外，恍惚梦境。她从此知道了在现实之外，还有一个多么打动人心的世界。

她甚至从此变得沉着了几分，只因为有一份美好已进入她的心田。她保持沉默，从未向人透露。即使现在回忆，我也仍然能感受到对于当时自己的那一份极致的美好。我一直将它藏于自己的内心深处，并跟随它的指引，爱上诗歌、文字及写作。

孩子，我确信童年会拥有比成年后更多更深刻的体验，而如果你到来，我相信我能给予你更多更美好一些的体验。我确信我能做到这一点，因为你已给了我足够多的时间来思考，来想明白这些。整整三年，辞职后囚困在屋子里漫长的时光，除了小部分时间创作外，大部分时间我都用来思考我自己，以及我与你的关系。我涉及了心理以及灵修方面的书，来弄清楚并修正自己，以使自己的成长过程，以及在这成长过程中所造成的残缺以及悲观不至于影响到你，我也翻阅过一些教育的书籍，以促使自己将来能做个合格的母亲。我确信我不会给予与我童年相同的教育，我不会令你的童年成为我童年的翻版，我已能清醒地避免如此错误的发生。

现在我已出门，到二楼的时候，看到几个中年妇女在打麻将，她们是我见到的第一批同客栈的游客，但我没有跟她们打招呼。在这旅游萧条的季节，因为网络媒介的作用，这家客栈的生意似乎还不错。下到一楼的时候，见到小美，据说客栈的工作人员都会热心地为住户提供出游方面的帮助，于是我就外游的事问起了她。她问我想去哪些地方。

我说："这个季节，稻城、亚丁是不是已经封山，去不了了？"在得到肯定的答案后，我说我想去香格里拉和雨崩。

"那正好，我这里有几个客人正好也要去雨崩，他们在找团，要不等他们回来后，我帮你问下吧。"小美说，依然不算热情，但也不冷淡。

"哦，好的。"

"他们今天去了茶马古道，等他们回来，我让他们找你。"

我点点头，道了声谢。

我还不清楚他们将是怎样一些人，几男几女，他们的年龄段，但我对此要求不高，只要有女性，没有令人生厌的男性即可。换句话说，我没有指望结识投缘的人，只要是一群不会妨碍到我欣赏风景的人，便无可无不可。

　　走进古城，我的心即刻又如此安静、休闲、惬意。人来人往的巷子里，光与暗之间，依旧不断传出"滴答滴答"的歌声，人与人仿佛一下离得很近，仿佛再次经历千年之前擦肩而过的那份缘。人们恍惚忘了现代，忘了压力，忘了刚发生不久的伤心事，就像喝过孟婆汤一般，纯纯净净地回归到千年之前。当我举起相机去拍一个很高个子的外国人时，他也很高兴地立即端起相机来拍我。他挥着手大声地对我中洋文并用："Hello，你好"，我微笑着回应了他。我们擦肩而过。而且，多么凑巧，我还在美食广场这儿遇见了那个留胡须的西方男子，他正坐在一个角落的台阶上，津津有味地低头啃着几串烧烤，当他抬头瞥见我的时候，我掉过了头，想必他那样的吃相是不愿意被人瞧见的吧。

　　孩子，这些算是缘吗？因为他们真实存在，我跟他们至少有了遇见的可能性，而你呢？你在哪儿？即使我遇见再多的人——老人，大人，小孩，也还是无从遇见你。

　　我一个人闲逛、拍照，品尝美食，享受这样一份美好……你或许不知道，正是因为你的久久未来，我才变成如今这样一个女子。从一个不相信美好是真实的人，变成渴望美好的人。我大致说过，我曾自以为是个灵动、叛逆、追逐着自由奔跑的女孩，那或许只是对自我偏爱的一种说法。如果摒弃这份偏爱，那么过去的我是一个悲观、乖僻、不安，几乎可以说是懵里懵懂、焦虑又浮躁的一个人，很多年我纠缠在原生家庭里无力自拔，我对母亲施予我童年的不公正对待耿耿于怀，我厌恶父亲冷淡自私以及种种不负家庭责任的行为。我的内心充斥着无从消除的层层阴霾，即使求学、工作在千里之外，他们的各种坏消息仍旧源源不断地传来，就像一个个地雷般炸开，浓烟滚滚。很多年，在我已然成年，本该追逐自己人生的时候，我的精力、我的心情却仍然纠缠在原生的家庭无可自拔。对那时的我而言，这个世界是一个该去反叛的世界。美好离我很遥远，像水中月、镜中花一样不真实，所以我从未想过伸手去捕捞。我沉迷在悲情的世界观里，沉迷于诡秘的、悲伤的、任性的、无可救药的、被破坏与毁灭的那一类事物。最为可怕的是，我偏爱那样的自己，害怕丢失那样的自我，在26岁之前，我都害怕丢失自己，心惊胆战地坚守那份自我。

我用了很多年的时间来挖掘、修正自己，完善自己的人生观。这一点从很早便已模糊开始，但如此清晰、如此有意识地来挖掘自己，看清楚自己，却着实是集中在近几年的受挫期。我自学心理学，同时一点点去挖掘自己的根，并看清它——一条悲情的根，而我生命的种种思维与观念都建立在它之上。也可以说，我终于得以发现自己。我开始以公正的而不再仅仅是我自己的眼光来看待自己。我进一步看灵修的书，来修正自己的灵魂。我终于得以理解母亲，原谅父亲，并终于摆脱了原生家庭的缠绕，真真正正地成为一个大人。

孩子，应该说，这几年我在发现并修正自己方面进步很大，是你给了我契机以及充裕的时间。这一点，不仅对我自己有好处，使我终于摆脱了原生家庭的笼罩，以及曾经固执地躲在黑暗中的那个自己，但同时对你更有好处。因为倘若你在这之前到来，在我尚看不清楚自己的时候，我不能保证我将灌输给你一些怎样的思想，且将如何教育你。我很可能会按照培育一棵苍凉梧桐的方向去培育你，而不是一棵昌盛的榕树，出自于自己的偏好，以及一种不自觉的模仿——我想这种错误在这个世界上很多父母都在犯，他们基本按照长辈们对待自己的方式来对待自己的孩子。我应该为自己能够避免犯这样的错误而感到庆幸。如今，虽然我仍不能给予你堪称完美的教育方式，但至少我已能避免去犯致命的错误。我已变成现在这样，懂得体会与珍惜美好，并会将此传达给你。

现在我在吃的小吃叫培根莴笋卷，培根里面包裹着一截莴笋，很美味；我还准备品尝的叫包浆豆腐。我对各类豆制品百吃不厌，这也可以算得上是种享受。在我尚不知享受美好之前，我甚至也从未有过享受美食的心情。现在，我几乎认为，一个不懂得享受美食的人，往往也是个不懂得享受快乐与美好的人。当然这种享受应适可而止，精神的享受远甚于物质的享受；然而在这里，一切享受似乎都与精神融合在了一起。

孩子，不知你是否也发现，在这座古城拥有一些气质特别的女子，她们的气质与古城相融，或者可以归为古城般的气质。她们的年龄大约在 24 岁至 28 岁之间，容貌端庄，装扮精巧，体态轻盈，表情恬淡，气质温婉而沉着，走过时，似乎空气也为之流转，这样的女子总共见到了四五个，每一次我都忍不住回望，或者已偷偷抓拍了下来。带着相机真是件不错的事，因为它能将瞬间的美凝固下来，成为永久。现在，我又发现了一个，在桥的下方，流水旁的柳树下，又出现了一个这样的女子。她正端坐着，有画手在为她作画。她的装扮那样精美，灰白毛衣，深灰色茸毛对襟，蓝绿色长裙，点缀着碎花的裙裾与裙带，也唯有这种气质的女子，才能将这些颜色穿出如此协调的感觉来。她的头发也盘得很精美，顶上别一朵较大的黄芯的白花，这朵花令她整个人更添明媚。这样的女子是很难画的，可是她面前的画手也未免太糟糕了吧，啊，如果我是那个画手，我一定羞愧得立马卷起铺盖走人，不练到一个地步，绝不再出来混这碗饭吃。我不知道他创造美的能力，但损毁美的功力真可谓一流，还远不如我手中这部普通的相机呢。我将镜头推远、拉近，分别拍了两张，我真但愿那个美丽的女子能跑上来瞧瞧我相机里的她自己，而不是最终沮丧地去面对那个三流画手手中的画。

孩子，你是否也感到了美好，感到了快乐？熙熙攘攘的人群中，你是否也感到人与人之间的亲切，而这样的感觉，在大都市里是难以产生的。那里的人们行色匆匆，不仅表情冷漠，心同样冷漠。人们毗邻而居，却老死不相往来。人人都很孤独，生存在巨大的压力与竞争之下。

孩子，我曾向你强调，这个世间充满痛苦，可是现在我想要纠正自己的说法。这个世间并不注定充满痛苦，有许多痛苦源自于心灵。也就是说，如果你有一颗更能感受快乐的心灵，那么你的人生将充满更多的快乐，而不是痛苦；而我所能做的，就是从你很小很小的时候开始，就去培育那颗快乐的美好的种子，将它植于你幼小的心灵。这样，你将比我少走许多弯路，更早体会这世间美好的一面。当然，这世间仍然不会缺乏痛苦，但你要坚信，这世间即使有再多痛苦，也绝大多数是在人所能承受的范围之内；而假若你足够乐观与坚强的话，幸福就会比痛苦更多一些。

你是否对这些庭院同样好奇？它们看上去那样幽寂、舒适，院落里花木扶疏，摆放着桌椅。我正打算从别墅搬出来，来这古城内居住。或许唯有居住在古城客栈，才能更近一步感受这座古城。我已经咨询过了，处于僻静地带的客栈，每天的价格也在 100 元左右，我打算明天一早就搬来这边居住。眼前的一家名叫"与你相逢"的客栈古色古香，我被这名字吸引，跨过门槛走了进去。这家接待的女人要比小美热情不少，她带着我参观，同意 100 元一晚的价格。

"过两三天，我大概就会出去玩一趟，行李可以放这儿保管么？"

我问。

"这个当然没问题，你玩过了，什么时候回来拿都可以。"女人说。

"需要交订金吗？"

"无所谓啦，交不交都行，你要是愿意交的话，交多少都可以。"女人爽快地回答。

"那我明天就搬过来住吧。"我说。为了表达诚意，我预交了50元的订金。我没有那么快离去，而是看到了一个箩筐状的秋千，走了过去，坐进了里面。轻轻摇晃几下，居然就有阳光下昏昏欲睡的感觉。真是舒坦。想知道这种感觉吗？就好像蜷在箩筐里慵懒的想要睡觉的小猫。

这一次我没再迷路，顺利回归，也还没有预定好跟团的旅行社，那么就还是等见到那几个人，跟他们了解下，然后再做决定吧。他们大约还没有回来，否则小美会来叫我下去的。

手机铃声响了起来，是琴的电话。我不太想接。这样旅行的时候我更不愿意接到她的电话。数月前，为了垂询，我到了某医院的生殖中心。我情绪低迷地感到来到这里的女人，都是这个世界上最可怜最悲哀的女人，但我没有想到这样的女人竟如此之多，连区外的走廊以及楼梯上下都站满了。护士忙得不可开交。我不知所措，好不容易得了个空位坐下来，琴就坐在旁边。她与我攀谈，相互留了手机号码。

琴的 VIF 失败后，便不时打电话向我倾诉。我或许一直不太爱接听她的电话，因为一成不变的话题只会增添我心里的负重，现在尤其如此。但我终究还是接了起来。

"你最近怎么样？有打算什么时候去做试管吗？"琴问。她的语调依旧平缓，但这样的平缓中总带着欲语还休的味道，让人从一开始便感觉沉闷。

"还没——暂时我不想考虑这件事。"我直言。

琴静了静，说："你还好，就算你这样，你丈夫对你还是很好，我真的挺羡慕你。"

我感到无语，含糊道："你丈夫对你应该也还好吧？"

事实上，我知道她丈夫待她不好，尽管只见过他俩一回，但她丈夫对她的不满与冷淡已表现得相当明显，但我不知道除此外该怎么说。我什么也不想多说，甚至没有告诉她我正身处丽江，在外旅游。

一晌沉默，琴不轻不重地叹了口气，说："我明天就要跟我丈夫去离婚了。"

我倍感意外。啊，孩子，我倍感意外并不是因为我没去想过这种可能性，而是这种可能性突然如此简单明了地真实出现了：因为不孕，导致离婚。我以一种我自己也形容不出来的口吻，似乎是带点冷漠带点残忍又带点对残酷现实的讽刺与无奈的口吻，问："就因为你没怀孕这个原因？！"琴仍是叹了口气，像是喘息，说："这个是主要原因，我们俩之间还存在别的问题。"

现在，我只能强迫自己来听她诉说了，只因为她是个面临离异困境的女子。这样的困境对于任何一个女人来说无疑都是一场灾难，甚至是灭顶之灾。这样的女人这样的时候似乎都理所当然被赋予倾诉的权利，我只是不合时宜地被施予了这项义务。我得说，我的心里充满了抗拒，抗拒这种可能性被转化为现实中的真实。我本以为自己会对这样的转化，报以宽容和默默接纳的心态，但当它由琴倾诉出来的时候，我却感到无法接受和气愤。我不想去气愤，因为我就是弱势中的一员。我用冷漠来面对自己不想面对的事。在这样的心态下，我几乎做不到热心安慰。我聆听琴的倾诉。琴说他们前几天已经去办过离婚手续，因为缺少材料，没办下来，约好明天再去办。"我是真的不想离婚，我从 18 岁就开始跟他了，已经 11 年了，我真的不想离开他，可他现在每天都在逼我，我真的不知道该怎么办了。"

我沉默地听着。

琴补充，她丈夫一直对她还挺好，他答应，离婚后仍然会对她好，仍然让她住在家里，且仍然会跟她一起去做试管，一切就跟没离婚一样，前提就是她要跟他先办离婚手续。"如果他说的都能做到的话，我也想着离了算了，免得他现在天天不高兴，我婆婆也天天不高兴，每天这样……还不如去办了……我真的没办法了。"

孩子，你能相信吗，离婚后还一起去做试管？我能理解电话那头琴的心理，完全理解，即使离婚了，她也仍旧一心想拥有一个自己的孩子，而且愿意提供精子的人就是她现在的丈夫。我想，或许换作其他愿意提供精子、愿意将来照顾她和孩子的人，她也很可能是愿意的。她明确或是懵懂地将婚姻与孩子的关系隔离了开来——尽管绝大多数人会将它们统一在一起。这一点，我完全能够理解：当一个女人渴望拥有一个孩子时，这种渴望强烈到逾越一切；就像一个母亲对孩子的爱逾越一切一样。只是我不相信她的丈夫，我觉得他在欺骗她。用如此卑鄙的手段来欺骗一个相伴了自己 11 年的女人，真是既绝情又无耻。但我没有说出来，我的愤怒莫名地转化成淡漠。我淡淡地问："你相信你丈夫的承诺么？"

"我不知道——不相信又能怎么样？"琴说。

"我建议你，如果真不想离婚的话，暂时还是别去办手续，等再尝试一次试管之后再说，也不定下一次就能成功呢，就算是给你们婚姻一次机会。"

"可是，我现在拖不下去了，他每天都在逼我。如果不先办离婚手续，他更加不会同意再跟我去做试管——他在生我的气。"

"生你什么气？"

"以前，他在外面——还有一个女的，怀了孕，被打掉了……在我做试管之前……不知道他们现在是不是又在一起了？"

啊，孩子，我是真不愿意聆听下去，多么混乱的局面。你知道吗？我满脑子居然都是那个被打掉的孩子，他成了大人们无辜的牺牲品。当我问起那个女人怎么会同意打掉自己孩子的时候，琴带着反驳的口气说，她与她老公还没离婚，她当然得打掉，仿佛是那么理所当然；

而在一般世人看来，那也确实是理所应当的。但我却感到了痛苦与沮丧，似乎并非一切都应顺应那个理所应当。一个被牺牲掉的孩子占据了我的思维，同时削弱了我对琴的同情。我倍感大人的世界是多么混乱、尖锐、残忍而又无奈，此刻的我多么渴望回避这一切。

是的，孩子，我得向你承认，我也曾残忍地杀害过自己的一个孩子，很多年以前，我与骏明相恋的第二年，我们曾意外地有过一个孩子，然而当时的我也几乎还是个孩子，一个刚刚毕业的女生，我是那么无知、绝情而又决绝。我曾幻想，倘若当初我们能够觉悟地留下那个无辜的孩子，那么他现在差不多有 10 岁了，他会长成怎样的模样。我总在私底下认定那是个男孩，凭借做母亲的直觉，并对此丝毫不怀疑。（而你，我尚未到来的孩子，我更倾向于是个女孩，同样凭借女人莫名的感觉。）我也总会把他想象成男孩的模样，到如今应该已经长成了一个阳光明媚的小少年——这，或许就是我不断重复梦见梦中少年的缘故……

我必须结束这段通话了。我有维护自己心情的权利。我对琴说对不起，有人来找我了，我得出去一下。琴黯然地说好的。

挂断电话，屏幕显示通话时长为 26 分钟零 5 秒。

我并非真的需要马上出去，也尚无人来敲门。孩子，我这样做是否有点冷漠，但我确实抗拒这样的时候接听这样的电话，抗拒这样的时候聊这样沮丧而无能为力的话题。我感觉这些天我是在自己伤口的洞穴上铺了一层树枝，让自己仿佛看不见它，可是如果让我一直站在这层树枝上，我无法确定这层树枝能承载得了多久，或许时间再稍微一长，树枝就会被压断，我就会陷下去——我已经在那样的局面里深陷了三年，好不容易逃出来，好不容易拥有现在放松的心情。我需要保持这样的心情，而要做到这一点，我必须小心翼翼，步步为营。

　　或许，孩子，现在，你已经听出来了，你已经知道了更多，像这个世界上自以为最精明的小孩那样，你用你尚未成型却俏皮的眼睛斜睨着我，充满嘲讽。你认为自己已然发现了真相——我为什么渴望你到这个世界上来的真正原因。你会认为我之前给你的全是一些冠冕堂皇的理由，而真正的原因藏在这个叫作琴的女人的故事里……那么，好吧，孩子，我不否认这一切外在的因素。我没有讲述到，并不代表我有心隐瞒或否认。我可以坦诚地告诉你，由于你的久久未来，我承受着非常巨大的心理压力。一种强大的犹如飓风扫荡般的压迫力，既无形，又无处不在，仿佛看不见的牢笼，明明牢门没有上锁，但笼里的人却始终无法迈出，犹如千钧压顶。很多时候，我甚至害怕见人，害怕见同学，见朋友，而宁愿日复一日地躲在自己的笼子里。我不想回自己的老家，更害怕回骏明的老家——这是一种超乎你想象的害怕；而我实际上所要承受的来自四面八方的压力，也远超过你孩子式的天真想象。因为这是一个更属于成年人的现实世界，一个已经存在了几千年的社会；一切似在改变，又并未改变。

　　此刻，我并不想与你深究这个原始而又复杂的问题，但我还是要告诉你，为了使你免于担忧——假如你是个善良乖巧，而又懂得关心人的孩子的话——至少到目前为止，我没有遭遇琴的困境。应该说，琴的感觉没错，即使在这样的情况下，骏明一如继续对我很好。我与骏明——这个唯一合法为你提供精子的人，你未来的父亲——从相识、相恋，到步入婚姻，已有十几年时光。在这样漫长的岁月里，我们已有了很深厚的情感，且彼此珍惜；而他远在家乡的父母，尽管日思夜盼，但对我这个媳妇依然还算疼爱，然而正因如此，我内心独自承受的压力更加沉重、庞大……

我不该再讲下去了。现在，我需要来把行李整理一下，以备明天一觉醒来就可以办理退房，搬去古城。已经九点半了，楼下传来一连串的声响，上下楼跑动的声音，还有女孩大声的说话声。不知是否是那几个人回来了？我是否该主动下楼去看看？正犹豫时，门外传来敲门的声音。

第四章

对于人类肉体之美，文字只能赞美，而不能把它恰如其分地再现出来。

——托马斯·曼《死于威尼斯》

　　我穿着拖鞋，走去打开门。出现在我面前的是一个很高个子的男孩，我原本也不矮，162 厘米，但相对而言，他仍显得非常高大，几乎有种压迫感。我很快猜到他应该就是小美要介绍的其中一人。果然，他开口问我是不是那个也想去雨崩的人。我说是的。他于是手指楼梯的方向说，那就下楼去，一起聊一聊吧。我说好。

　　男孩先"噔噔"地下楼去了，我穿好靴子，随即下楼，见二楼无人，于是继续下到一楼，就在楼梯口的地方，碰到另一较胖的男孩正欲上楼，见到我问，就是你吧？我说是。与此同时，我看到了这个男孩旁边的女孩，并一眼认出了她。她的穿着，包括所戴的帽子都没变，就是到丽江第一天所迎面遇见的、走在一群人中最前面的那个女孩，我曾听到她说："我不想吃米线，太油腻了"。我确定无疑，原来竟是他们，那曾遇见过的一群人。那么那个有着一双像你一样眼睛的人应该也在其中了。只是还不是这两个。尽管我没有说，但毫无疑问，我渴望再见到那双眼睛，见到那双眼睛的主人，去看清他的模样，我确定那将会是我所喜欢的模样；而且他们与我就住在这同一小区，再遇见也并非没有可能，只是我没想到他们竟与我住同一家别墅，而且就是小美要介绍一同去旅行的人。

　　我还没见到那个人，一个男孩，他还没出现在我的视野内，但基本肯定他也在大厅里，正坐在那头的沙发上看电视节目。我被较胖的男孩引往楼梯旁的餐厅，之前的高大男孩已经在圆形的餐桌旁坐定，我便也坐了下去。因为与大厅隔着一架摆满了酿酒罐子的隔断柜，无法看到沙发的那块角落。较胖男孩与戴帽子女孩也在桌旁坐了下来。我们开始了交谈。我询问了路线、价格以及出发时间等。高大男孩一一回答，他说他们昨天便已找好了导游，将价钱压到了每人1100元，没有地方比这更低的了。如果我愿意的话，那么明天一起去报名，后天就可以出发。他将手中的宣传单递给我，六日游，行程包含香格里拉及雨崩，与我期望的线路吻合，而且价格确实比我咨询过的都便宜不少。但我还是犹豫：尽管例假即将来完，但因为我总是经量较大，失血较多，因而这时期身体总会比较虚弱，而从飞来寺徒步雨崩是极耗体力的。我原本打算再延缓几天，待身体有所恢复，马上出发对我来说有点操之过急。或许还因为这是清一色的年轻人，对于我，以及眼下的心境，他们显得过于年轻。我一边在心里迟疑，一边问他们共有多少人。戴红帽子的女孩插话回答了，她的回答肯定了我的预料。她说还有一个男孩一个女孩，加上我的话就是六个人。

我感到几分局促。准确地说，这种局促不是来自于眼前的三个人，而来自那个虽看不见但存在于大厅内、正坐在角落沙发上看电视剧的男孩。我不知道为什么会因他的存在而感到局促，同时，我心有旁骛地想要看见他，看清他。正当这时，一个身影从大厅的这头晃现出来，我放眼看了过去。正是那个男孩。我于是一眼看见了他，并且看清了他。没错，正是他，那双眼睛的主人，比我想象中的还更年轻，还是个少年，几乎还是个孩子。气质、气息、目光、脸庞，侧脸的弧线，以及慢慢转过脸来的所有点和线……我简直无法用语言或者文字来描述，我只能说：多么令我欢喜的模样。但这远远不够……或者我可以试着说，我对于这个男孩之喜欢，以及他刹那间震撼我心的程度，不单在于他的俊美，而在于他的精准，就像在数公里之外去击中一个微小的目标，这种精准唯有造化才能创造。也可以试着说，这个世界果真存在这样一个人，他的容貌、身躯、气息完全按照你的所求精准地创造，就像专门为你一人而造，为你心灵的所求而造，而你，如此幸运，在此时此地突然看见了他。仿佛梦境中的少年从天而降，突然抵达我的面前——没错，正是这样一种感觉，甚至正是同一个少年，在梦境中因光芒耀眼而模糊不清，却在现实中如此清晰地呈现，刹那间强烈地震撼着我的视觉与灵魂——是的，仿佛从幽长的黑暗的虚无中突现出来，瞬间那样清晰地呈现在我的视网膜上，震撼我的整个灵魂，然后又很快转身退了回去，或许是因为害羞。

现在，我又看不见了他，他又回去了大厅的沙发上看电视。但我清楚地看见过他，并看清了他。那个男孩儿。我的脑子有几秒暂停了思考，像是仅为了去确认，确认我方才确实看见过那个男孩，看清了那个少年，他的模样让我如此震惊与欢喜。他已经退了回去，正坐在他之前坐过的沙发上继续看电视剧。他与他们是一伙，如果我同意跟他们一起去旅行的话，他将是其中的一员。我在几秒内将这些确认了一遍。我的心之所以没有狂跳起来，我想是因为我比年轻时更学会了保持冷静的缘故，而且我相信自己基本上做到了不动声色。但我头脑的理性几乎已经完全消失了，于是我不再试图做理性的思考，不再犹豫，以免耽误他们更多时间。我做决定地说，那我去吧。高个男孩一锤定音，说："那么明天就跟我们一起去报名！"

决议已定，大家陆续站了起来，我直接从这边的楼梯上楼，回自己的房间。三男两女中，我只剩另一个女孩还没有见到，也没有具体印象，但商议的时候，听到她在大厅那头发出声音。她像是有点娇气，自言自语——或者是在对那个男孩说话——走了一天，让她的双腿太累了，又累又痛。她一边不大声地抱怨，一边时不时地拍打自己的双腿。由此判断，她的年龄也不会太大。我为自己因为一个少年的缘故，不顾自己的身体，掺和到一群如此年轻的人当中，感到几分不安，几分羞愧，而更多的是为这突如其来的一切感到不可思议：当我无限渴望你渴望梦中少年的时候，我竟然遇上这样一个兼具你俩特质的少年，而且他是那么俊美，接下去我将与这样一个人一起旅游，日夜相伴，这样的奇遇着实超乎我的想象。

我的睡眠持续不佳，而这一夜我更是彻夜难眠。我的脑海在反复演出男孩出现瞬间的情形，那甜柔的眼睛，脸的轮廓，浑身上下散发的气息，既不可思议又令我着迷。我回忆起许多关于你的梦境，关于少年的梦境。关于那个少年，我一共梦到过五回，情景都是奇异地相似。

现在，让我来向你说明一下我的那些梦境：我总是会先梦到一束光，来自天空的一束耀眼的强光，有的同时梦到太阳，一轮巨大的火红的太阳，强光来自于太阳；有的并没有太阳，而直接来自于浩瀚的天空。强光投射到一排高楼的楼顶天台——我不知道为什么总是高楼的天台，或许跟我总喜欢独自坐在窗台，透过窗玻璃，望着河对面楼宇的楼顶发呆有关。在强光中，逐渐呈现一个巨人的身影。那是雕塑一般完美的巨人，有着人类完美的五官，在楼顶四溢的光芒中散发着无与伦比的动人魅力。然后，雕塑般的巨人消失了，楼顶上出现了一个世人模样的少年，高瘦矫健，光芒四溢，同样散发着无与伦比的动人魅力。他向着强光走去，因为光芒耀眼而无法看清他的脸，但轮廓清晰。这时梦中的我就出现在楼下的人群中，正抬着头痴迷地仰望，认定那就是自己的孩子；随后我闭上眼睛，双手合十，虔诚地祈祷他能回到自己的身边来。但当眼睛睁开，楼顶上的一切便骤然消失了；或者，我只能看到少年正面向强光一步步走远，没有回头，直至消失……在梦中，我对少年感情至深，超越世间所有的情感，我的身体总会为不能留住他而惊恐万分，焦躁不安，直至猛然惊醒。

此刻，孩子，我重又理解过往一千多个日夜何以对你那般沉溺了。我渴望见到这个现实中的男孩，犹如渴望见到你，见到梦中的少年；但我不准备投入情感，因为他不是你们，仅仅是一个不相干的少年罢了。我不由自主地沉迷于他出现瞬间那一神奇的场景，将那几秒钟的情景无限放慢地反复回味了至少二三百遍，一直持续到天亮。彻夜不受控制的回味与失眠，几乎让人恼火。有一阵，我不讲道理地将这恼火迁怒到那个少年身上，想他不过是个陌生人，跟你们毫无关系，我所有的情感都是对你们产生的，跟他毫无瓜葛。为了证明这点，我甚至决心要对他冷淡，与他保持距离，最多只是把他当作不知从哪飘来的一束光欣赏欣赏便罢。

我自认为自己能够做到，然而，当10点钟下楼，再一次看到这个男孩，看到他对着另一个高大男孩边说话边粲然一笑的情景，我那因为恼火而定下的决心便轰然倒塌了，消失殆尽，心理防线早已溃不成防。男孩像夏季的一道凉风般吹拂进来，或者说，像推开门时一道明媚的阳光般照射进来，使我顿然感到整个胸怀是那样轻盈，舒适，充满喜悦，于是便很快遗忘一切地予以了接纳。

是的，孩子，我几乎忘掉了你，或者说，我把对你的渴望，对梦中少年的情感，一股脑儿地转移到了这个男孩身上。我对他如此欢喜，以致一整天，我的心与魂全落在了他的身上，忘掉了其他一切。我跟随了他们一整天，从上午10点开始，然后借用客栈的厨房，与他们一道做午饭——菜大概是他们昨天买来所剩下的。我得说他们几乎是把做饭当成了过家家，他们自告奋勇地争做自己所谓的拿手好菜，包括那个男孩子，同样踊跃，而端上桌来的一道道菜皆惨不忍睹。我从未见过如此不堪入目的一桌菜。大家围着圆桌子坐，他就坐在我的正对面。这使我很容易观赏到他。对，没错，观赏。他是这般俊美，且丝毫不苟地符合我的想象——这种感觉就像一个技艺高超的画家，费尽心血，将自己脑海中长久的情人，逼真地呈现在画布上，于是终于可以端把椅子，坐下来心满意足地慢慢观赏：那长条的脸庞，与骏明恰有几分相似，只是更加完美；那犹如梦中的你一般的眼睛，清秀的微微皱褶的双眼皮，在一层细密的长睫毛下，那清澈幽深的瞳仁，总闪烁着孩子气无辜的甜柔的泽光——这种泽光对我很致命。那柔和而又笔挺的鼻子，与微微上扬的眉宇相连，像是透着一些不羁；而那嘴角微微上翘的嘴唇，一咧开便成为青春动人的欢笑，加上那黑而柔软的短发，晶莹润泽的肌肤，一切堪称完美。当我用几秒钟时间，将他如此仔细地观赏了一遍，我几乎是欢喜到了紧张的程度。事实上，整个饭局，我都在极力让自己看起来自然一些。

大家开始轮流自我介绍。最先自我介绍的是坐我旁边扎马尾辫的女孩，也是昨晚唯一没有见到的，她看起来性格外向、活泼，声音干脆而响亮。她说："我叫陈娟，可以叫我娟子，86年的，我们这几个人里面我是老大。"说时，她伸出手，叉开五指做了个划圈收拳的动作，仿佛要将几个人一起握进掌中似的。

接着是高大男孩，据称身高1米87，他接过话茬，淡淡地瞟了我一眼说："阿磊，87年的。"

接着便是那个男孩了，像是稍微迟疑了下，接着定了定，才一本正经地道："我叫樊颢，是94年生的。"

"别听他瞎说。"叫陈娟的女孩立马打断，"明明就是97年生的，还想在这里装大？！"

"你怎么知道？"男孩看向陈娟，略带羞涩地笑问道。

"我其实早就知道了，连你的学生证我都看过，还想骗人，在读××中学高一，没错吧？"陈娟肯定道。

"喂，你什么时候偷看我学生证了？"男孩微微皱了皱眉，显得有些不满。他的声音略微粗哑，带着童声般的尾音，煞是好听。

"不告诉你。"陈娟得意地回绝。

我暗忍笑意，好奇地问："那你现在不需要上课吗？"

"当然要上课了，逃课呗，还用说。"陈娟代替男孩回复了我。

自我介绍还在继续。接下去的是戴帽子的女孩，不过今天她将红色毛线帽换成了粉红色的橄榄球帽。这是个矮矮瘦瘦的小女孩，长相清秀，有着好看的酒窝，她说她姓唐，大家都叫她唐唐，88年生；再接着是较胖的男孩，1米78的身高，体重85公斤，名张志彧，绰号胖子，来自东北，性格里有着东北人的热情与豪爽，也是88年生。五人自我介绍完毕，陈娟指着男孩，补充说明男孩与阿磊是堂兄弟关系，男孩是阿磊的堂弟。

原来两人是堂兄弟，但除了天生个头高外，两人并没有任何相似的地方，可谓差异迥然。樊磊是国字脸，略浑浊的眼睛，厚嘴唇，虽外形尚可，但胡子拉碴，气质沉抑，清冷而不易接近；但男孩却是这样干净、清秀可人。如果不是陈娟说明，我根本不会想到这一点。

到最后只剩下我。正如男孩因为太小，而试图谎报年龄；我却因为相对年龄太大，而打定主意回避。我说我叫小寓（取自我一个"人生忽如寓"的网名），比他们所有人都大，他们可以叫我小寓或是小寓姐。陈娟追问我的出生年份。我笑而未答，只说自己肯定比她大，同时内心几分不自在。好在没有人继续为难，他们很快便将注意力转移到了桌面的饭菜上。不得不承认，他们还是一群稚气未脱尽的年轻人，一边吃，一边就拿饭菜开起玩笑。看得出来，他们对饭菜毫不挑剔，都正吃得津津有味。他们从不文雅地问："这是什么菜？"而是直接指指点点道："这堆是什么"，或"这一坨是什么呀"，他们自个做的菜，却连自个也分辨不清了，并以此相互攻击。尔后，他们又玩起了文雅，争相为每道菜取着文雅的名字。比如将米粉炖排骨（我不知道这究竟是谁的创意，或者是什么地方流行这样的做法）叫做"路有冻死骨"，（这名字倒是取得贴切又诗意，是堂哥樊磊取的）将西红柿炒蛋，叫做"飘扬的五星红旗"，（这是陈娟取的），将各种蔬菜（里面似乎包含了青菜、红萝卜、豆角以及黑乎乎的其他）的乱炖，叫做"有缘千里来相会"，（这是张志殁所取）；最后，还将一道吃得只剩下零星残渣的空盘，取名"饿狼的传说"。最后这道菜名便是男孩所取的了，他似乎对自己所取的这个菜名颇为得意，认为它既具诱惑，又无需任何实际成本——只是，真有哪家餐厅胆敢推出这么一道忽悠人的菜么？

樊颢，1997年生，14岁，准确地说是14岁零10个月，因为系1月份所生，身高比张志殁略高，约1米80，体重约60公斤，樊磊的堂弟，高一在读，或因堂哥在丽江的缘故，逃课或请假跟来。这便是我所得到的关于男孩的全部情况。我在心里默默吸收这些信息。从琐碎的谈话中，基本可以判断他是个思想早熟的男孩，性格中颇有几分自由主义色彩。他的话不算多，但却很爱笑，几乎一开口便笑，以致他笑起来时，脸上因笑而产生的纹络是那样明晰。那些明晰的纹络，加上他年轻而光泽的肌肤，洁白而整齐的牙齿，仿佛能使人远离衰老、黑暗、阴冷、愁苦以及诸如此类，似乎仅从他脸上就能获得青春、明媚、温暖、欢乐以及你所想要的一切感觉，你对生命所指望得到的一切美好的感觉。每当瞧见他笑时，我总会感到一阵莫名的暖流瞬时遍及全身，如沐春风一般。

小寓，×省人，来自广东省S城，年龄不详，这成为我如今的身份。午饭后，我跟随他们一起逛古城，我的耳畔又响起"滴答滴答"的歌声，我的眼里又游人如织，琳琅满目，但我的整颗心全在男孩一人身上，他总是不时呈现在我的视网膜上，倒映进我的心房；当我有一段时间未看见他时，我就会感到心有所缺，灵魂有所不安，就会用眼睛去搜寻，直到再次看见为止。他身穿白色带帽抓绒衣、银灰色棉质休闲裤，脖子上挂着一部较大的长镜头单反相机。尽管还不到15岁，但气质却已长到如此令人满意，甚至恰到好处，或是我太过偏爱的缘故。相机的佩戴更增添了他的艺术感，与他清新的气质相得益彰，也使他显得比同龄人更为成熟。他是那么酷爱摄影，一路不断在认真地拍摄，也不时地给其他人拍单人照或合影，像个随行的少年摄影师。他必定是温馨家庭长大的孩子，得到过充足的爱，因而谦虚、不张扬，礼貌而又乐于助人。或许，他也是个爱让自己显得更加成熟的男孩，时刻都在保持自己的镇定，极力降低自己的孩子气，但时不时地还是会流露出来。他的肩背还很单薄，却是那么匀称而又优美，散发着蓬勃生机，将我的整个视野充满，就像庭院里秘酵的花香充满了整栋老房子。

在这一天，发生了一件小插曲，一件令人太不痛快的事，那就是陈娟的手机被盗了。我们都难以相信让我们倍感信赖的古城也会发生这样丑陋的事。可是，孩子，这就是现实。当事实发生的时候，我们都必须接受这一现实。我想我们都应该接受这样一个美好与丑陋同时存在的现实世界。我并没有进入童话世界，我还身处原来的世界，不是吗？而且这里也只有唯一一个世界，美好与丑陋相生，幸福与痛苦相伴，这也是你所必须接受的。手机比较贵，又新买不久，这让陈娟非常沮丧，其他人也跟着心情沉重起来。陈娟用樊磊的手机报了警。不几分钟，当地警察就开来了警车，载着陈娟和樊磊一起去兜巡，寻找可疑人物。剩下我们四人，两个男孩——樊颢与张志斈，还期望能亲手抓到盗贼，于是我们在热闹的地方转来转去，以期遇上前来兜售赃物的盗贼或他的同伙。两个年轻男孩不肯轻易放弃这种希望，像遭受挑衅与屈辱而欲反击的男人们那样，尽管明知这样的可能性微乎其微。

种种努力最后都归为失败。陈娟情绪更加低落，大家商议出了这种事，陈娟肯定没了游玩的心情，不如就都不去算了。我也几乎做好了旅行泡汤的心理准备，只是不知道一旦集体旅行取消，是否就意味着我仍将从他们之中退出来。我必然会从他们之中退出来。这点基本肯定。我跟陈娟不算投缘，跟唐唐也尚未走近，她们似乎也都没有那么欢迎我这个新人的加入，何况我内向而非外向的性格，我的年龄，包括生理年龄和心理年龄，都将迫使我退出。退出后，即使我还继续住原来的别墅，能见到这个男孩的机会恐怕也将少之又少。我隐隐感到失落，犹豫倘若真泡汤之后，自己是该继续住小美的别墅，还是搬进古城。我已打过电话，取消了昨日的订房，接电话的女人表示没有关系，让我去拿回预交的订金。已经下午四点半了，我依然将那事搁在一旁。我想既然是自己违约在先，那么去不去拿回订金都无所谓；但如果明天仍搬去住的话，她应该还会记得我。

一群人就这么在古城入口处的花坛边犹豫不决，等待陈娟一人决定。陈娟坐到石墩上，发着呆。其他人也跟着沉默。我走开了去，用相机去拍附近的水车、照壁、水龙柱等，事实上我感到多么失落啊，我感到出现在我眼前的这一份惊喜与美好就将仓促结束了，它给予我的时间太短暂，仿佛只是刹那间。我远远地望了望男孩，他正低着头，双手随意地搭在相机上，一只脚站立，一只脚用脚尖在地面上涂画着什么，像是也正为这突发的变故感到沮丧。他白色带帽抓绒衣、银灰色休闲裤，连同他年少的清新的气息、轮廓完美的侧脸，一同静静地倒映在我的眼里、心里，多么令人心欢喜的一道风景——仿佛他本身就是一道无可匹敌的风景，让人心无比愉悦的风景。然而，这一切却是如此短暂，短暂到我还没有实际地接近过他，我不过在自我介绍时获得他少得可怜的一点儿信息，听到过他略微粗哑又夹杂童音的嗓音，感受过他春意盎然的生机，如此罢了。

我走了回来，想如果他们的决定是取消这次报名的话，那么就从他们中退出，干脆今晚就搬到古城，让自己回归一人独游的状态。陈娟在流泪。男孩走来问我有没有带纸巾，我从背包内取出来给了他，他拿去交给了唐唐，唐唐抽出了两张，陈娟一把接了过去，吸着鼻子，用力地擦拭双眼，仍倔强地不肯说一句话。我感到应该毫无希望，陈娟依然没有任何游玩的心情，而这群年轻人，这群尚未体验过人生真正残酷性，因而仍执着在一些小烦恼，并像蝴蝶一样爱把所遇见的一切，都毫不犹豫地就往自己身上揽的年轻人们，是不好意思抛下陈娟一个人的。这便是我的感觉，这感觉让我重新体会自己已然衰老的心，感到自己的心离他们是多么遥远。男孩将剩余的纸巾拿回来还给我。他低头，与我对视了一眼。随后，他再次看向我，那清澈、无邪、甜柔的双眸，像是在向我传达某种亲切感，而我却突然感到了悲伤，一股异常强烈的悲伤感突然而至，为他恍惚是自己苦苦等候的人，为自己到来后的第一天上午就邂逅到他，而那个上午——我现在回忆——我的心境是那样忧伤与落寞。我为自己到来的第一天上午就邂逅到他，为自己是在漫长的三年等待后邂逅到他，单为这两点，我那么强烈地感到既欢喜又悲伤。

我们在古城北门入口久久僵持。大家打破沉默，纷纷尽可能去安慰陈娟，说大家都不去了，晚上陪她打牌，如此百般劝哄，陈娟仍坚持不表态。我感到她实在是个过于任性的女孩，但无疑她才是他们中固定的一份子。伴随太阳的温暖一点点减弱，寒冷逐步显现，我开始只想尽快从自己既欢喜又悲伤的心境下解脱出来。大家也都逐渐失去了耐性。这时，陈娟却突然一下蹦了起来，大声地宣布她去，她一定要去，她要玩得开开心心的，把云南对她造成的损失统统补偿回来！

我不知道究竟是怎样的念头让陈娟突然坚定了去的决心，或者她之前的种种不过是任性而为，我并不在意，我只知道，当听见她如此宣布的时候，我的心放了下来，我的悲伤感随之远去，取而代之的是加倍的愉悦，仿佛人世间穿越了所有丑陋，再次回到纯粹的美好。大家的情绪重新高涨起来。张志戏拨打联系人的电话，让他过来古城北门口。十来分钟后，一个头发蓬乱的藏族青年便匆匆地赶了来，穿着一件很破旧的毛皮棉袄，与我想象中一律穿得西装革履的业务员形象格格不入。

经过简单的交流，我很快知道这人并不属于任何正规旅行社，而只是完全私人性质的地方陪游，他所带来的一纸文件，与其说是旅行合同，不如说是行程安排。这完全出乎我的意料，也让我颇感失望。

我身上所具有的"烙印"被这个农民形象的男人再次诱发了出来，那就是缺乏安全感、忧患意识强烈、渴望"文明"的保护等等。于我而言，选择这样一个没有法人资格的导游，至少意味着两点，一、我们的生命与健康安全，没有任何保障；二、万一发生事故，有关赔偿与解决事宜，更不会有任何保障。

现在，不再是陈娟在拖延，而换成了我。面对有关法律方面的质疑，藏族青年表现得一头雾水。谈话陷入僵局。我们走进附近的一家肯德基店，找空位坐了下来。几个年轻人看唯有我懂些法律，索性交给我一人与导游谈。其他人分散闲坐，似乎不太关他们的事。男孩坐在了我身后的座位，侧着身，手臂搭在椅背上，像学生上业余课般地听着。

孩子，我是否该详尽地跟你说说当时的情况以及我的内心，以让你看清我究竟处于怎样一种深陷的状态——一种多么不同寻常、不可思议的状态。当时，也即我们来到肯德基餐厅之后，我一直无从摆脱自己的固有思维，在他人——比如这一群年轻人——看来只是万一的、几乎不可能发生的事情，而在我看来只分为"发生"和"未发生"两种情况，合同的意义更在于保障这种"万一"的发生，否则签订的合同基本无意义。我试图让其他人明白这样的"团"在法律上存在多大的瑕疵；然而这群年轻人并不情愿就此放弃这个价格低廉又保证纯玩的"团"。我内心充满矛盾。或许这个时候我的身体已出现疲惫，一整夜的失眠、大量的失血，以及整下午的劳累（尽管这种劳累感在之前并不明显），已逐渐在我身体上显示了出来，不过我自己尚未明确意识到，我只是越加感到事故，乃至死亡不无可能发生。我望了望窗外，窗外已是黄昏，夕阳西沉，阳光正在尽收，窗外只剩下阳光被收去后所剩的灰色天空。我不知道有什么能保障死亡的不发生。我担忧这样一个不具备任何资格的个人，如何去担负后续的责任。

男孩像个临时翻译员，将我的意思解释给其他人听，但其他四人一律表现出无所谓的态度。我的头脑也越来越矛盾，乃至混乱。我感到自己需要些援助，站了起来，走开了去，站到两三米外给一个做律师的朋友打电话——我自己都搞不清为什么要这样做——我告诉她我这里大致情况。她的回答在我预料之中。她警告道："这样的团你可千万别报，拿自己的生命开玩笑，亏你还是学法律的呢，怎么找个这样的团？"

我一边听电话，一边转过了身，看到男孩已离开了原来的座位，正独自站在窗户前，贴近窗玻璃，囚鸟般地看着窗外。我挂断电话，感到自己打这么个电话无异于是在自讨苦吃。因为我知道——心里一直很清楚，自己是多么害怕失去这趟出游的机会，害怕这机会化为乌有，因而无论过程怎样，结果都不会改变——我不过是在矫情地与自己的固有思维做一番装模作样的斗争罢了。

我走回原位，缴械妥协，只是仍要求在合同上补充几条条款——尽管这样做的意义不大。藏族青年满口答应，笑道："随便你怎么写，你愿意怎么写就怎么写，都可以。"我于是认真写了起来。我强调须为每人购买的险种，仿佛这将是自己最后的善款，近乎是在写遗书。我感到自己对身体的毫不顾忌，以及自己非正常的亢奋状态，很有可能让这趟出游要了自己的命。是的，现实与梦境交织，令我整个人如此亢奋。三年的阴郁晦涩，转瞬间却突然如此美轮美奂，一切都是多么不正常。这样的境况在我的人生中从未有过，如此非正常的开始，是否就意味了非正常事件与结局？？

在边斟酌边书写的时候，我感到了进一步的疲惫，我法制思维里的有可能发生，被进一步发展成为一种预感。一种强烈的极可能死亡的预感。我还想起了我所看过的小说——《死于威尼斯》，叙述一名杰出的艺术家，因迷恋一个美的化身，一个年幼的美得不同寻常的男孩而死于旅游胜地威尼斯。我想到，原来人真的可以为了自己心目中的这份"光亮"而死，不仅是艺术家，像我这样的艺术追随者，甚至非艺术爱好者，芸芸众生，或许每一个人，当他心目中的"光亮"出现在面前时，他都会甘愿为之而死——堪比教徒献身自己的信仰。

是的，孩子，这正是我要说的我当时的内心状况：当我沉浸在极可能死亡的预感中时，我所感受到的却不是恐惧，而是足以与恐惧抗衡的美好，因为这个男孩的存在，他的存在如此神奇地令一切美好无比，甚至包含了死亡。我感到与他一起死去，或者在他身边死去，伴随如此美好的他死去，完全算不上是恐怖的事，而是美好奇妙的事。对于我而言，再没有任何情形的死亡能比这样的死亡更为美妙，更为心甘情愿。

带着这种难以置信的奇妙感觉，我也曾短暂地理智地去搜寻自己继续活着的可能意义，而结果却是，除了虚无的你，我找不到任何足够抗衡的意义。或许我还能再写出几部小说，但我注定成不了堪称伟大的作家。这一点也颇让我失落。当我向着内心去搜索时，我还感受到自己内心潜藏的巨大的孤寂感——这种孤寂因你长久的虚无，而滋生蔓延，成为宇宙黑洞般的空洞。你或许永远也无法知道，一个久久无法生育的女人内心隐藏着多么巨大的孤寂与空洞，这样的感觉既深刻，又无际无边，如影随形，且无从挽救，像是已死过一次，继续活着需要莫大的勇气。

这大致便是我当时的内心，关于死亡的内心：美好中夹杂着深刻的孤寂，孤寂中夹杂着深刻的美好。我甚至对这样的死亡充满由衷的期待。

当书写完毕，誊抄了另一份后，其他人却只是逐一在交给藏族导游的那份合同上签下了名。当我将另一份自留合同再次递给他们签名时，除了男孩乖巧地照做外，其他四人已显得急不可待。樊磊一边撤离，一边将合同扔回给我，揶揄地笑道："这合同就你一个人留着吧，我们是用不着的。"其他人都嬉笑了起来，纷纷效仿。由于我临近中年人的"忧患意识"所造成的严肃氛围，如此很轻易被这群年轻人瓦解，他们对生命的强韧是何其自信，无惧无畏，就好像任何危险与死亡都与他们毫无瓜葛。而我，也只能不无自嘲地笑笑，将合同折叠好，收藏进背包内。死亡书式的合同上只有我与男孩两人的签名，这让我感到心满意足，并掺杂着丝丝不足为外人道也的甜蜜与得意。

预付过订金，走出肯德基餐厅，与藏族导游告别。夜幕降临，古城灯火璀璨，游人如织，恍如天上温馨的街市。我们继续闲逛，购买为次日的出游所需的物品。现在，我多么确定自己对男孩的欢喜，这种欢喜非同寻常；而他是如此美好，他让我产生的美好感觉是如此真切而强大，竟然已到了与死亡对抗的程度。当接下去的出游已成为不会再变更的事实，我全心全意享受起眼前的以及即将的美好。我们从古城逛到新城，在新城的一间间商铺内转悠，选购这人或那人所缺的物品。男孩很愉快，像是对所有商品都满怀兴致，他一一试戴眼镜、帽子以及围巾之类。我得说，倘若他真是我的孩子，我带着他购物，我一定做不到不为他购买，我会失去理智，成为这个世界上最溺爱孩子的不称职妈妈，因为他佩戴起来都是那样好看，无论什么小物件大物件，都效果神奇，让人充满购买以及博君一笑的欲望；然而，他什么也不想真买，只是试着玩玩。他毫无留恋地将物品放回原处。他的脸上始终带着恬淡而又满足的微笑，眼睛里流溢着甜柔、温谧的光。他嘴角微微上翘的弧线，青春洋溢的身影，从一块块镜中滑过，落入我的视线，让我在深深被折服的同时，感到既甘醇又欢欣。

晚餐的时候，我一人离席去了隔壁的沙县小吃店，连喝了两盅花旗参炖竹丝鸡汤，这方法对我似乎一直颇有效，出了些微汗后，身体一下舒畅了许多。我看了看壁镜中的自己，嘴唇红润，脸色也很好，新鲜莹亮，像是比任何时候都更具神采，这令我感到喜悦，且对接下去的出游不再那么担忧。

晚餐后，仍继续逛街购物，我们购买了防寒的帽子、手套，购买了感冒药及胃药，至深夜 11 点，才急匆匆赶进正准备打烊的超市，购买干粮和饮料。他们足足要了 20 灌红牛以及 10 灌氧气瓶，直到 12 点多才满载而归，之后各自回房洗头发、洗澡、安歇。现在，大概已经四五点了吧，我再一次彻夜失眠，尽管身体疲惫，但完全入睡却很困难，我试着深呼吸，试着给自己做放松催眠，我迷迷糊糊过了一阵，我让自己保持这般迷糊的状态，这样的状态也能使我身心得到部分休息，我的疲惫感获得了减轻；而我其实更是在这样的状态下，悉数时钟的流转、时光的流逝。现在，睁开眼睛，能看到窗外一抹晨曦的灰白的光芒，我感到多么幸福和喜悦。天就快亮起来了，而我不久就将再见到那个美好少年了。我被这到来的晨光所感动。如此感激。如此美妙。这样的感觉在我过去 30 多年的生命中从未有过。

第五章

当我坐在那破旧古钢琴旁边的时候，我对最幸福的国王也不羡慕。

——海顿

孩子，现在是晚上时间 8 点 20 分，我独自坐在宾馆房间的床上，上半身靠床栏，下半身盖着被子。时间尚早，我无法这么早睡觉，既百无聊赖，又烦躁不安——因为渴望见到男孩却不得见，而泛起阵阵焦躁感。下午途径白马雪山垭口的时候，我发生了高原反应，之后就一直头晕脑胀。傍晚，面包车抵达飞来寺，入住酒店，我在勉强吃下一些晚饭后，独自提前回到房间。现在我的高原反应已逐渐消失，这里的海拔只有 2300 米，不算太高，或者喝过抗高原反应药物起了药效，不得而知，总之我现在一切正常。我多想见到男孩，心中焦渴难耐，然而，今晚大概注定不能了。一来陈娟与唐唐已经去了男孩们的房间玩耍，我不好意思再一个人跑去；二来就算我硬着头皮过去，也是无法久留的；他们变着花样的打闹嬉戏，只会让已近中年的我手足无措。尽管我希望放下年龄，但我与他们之间较大的年龄差距，却将我桎梏。我说不清 31 岁究竟该是个怎样的年龄，当我从 G 城到 S 城，走进那栋新房子时，我 28 岁；而当我从里面走出来时，我已经是现在这个样子了。我对如何接受与应对这个年龄还有些茫然；但无疑，这三年多的时光是我人生当中变化最大、心理衰老速度最快的时段，我从一个介乎于"女孩"与"女人"之间的女子；蜕变成跟女孩几乎不再有任何关联的女人。虽然我仍可以着年轻女孩的装扮，但我知道，我的心再也跨越不回那道鸿沟，再也回不到女孩的状态。

事实上，半个多小时前我刚从他们房间退出来。在唐唐的邀请下，我抵挡不住诱惑地陪她一同前往，当时我还没有完全恢复，略有些头晕。男孩侧身躺在中间的床位上，一只手支着脑袋，一只手握着手机在阅读。张志夑在与樊磊打闹，突然一转身朝男孩扑了下去，将自己肥胖的身躯整个地压到男孩的身上。陈娟端着相机正在拍摄，她大声地命令张志夑去吻男孩，因为她想要拍两个男孩亲吻的镜头。张志夑兴奋地照做。男孩抗拒地扭动着脸，呈倒趴状地继续阅读手机上的内容。在陈娟的鼓吹下，樊磊也加入进去，扑到张志夑的身上。男孩发出一声惨叫，却依然心不在焉似的，仍挣扎着欲将手机上想看的内容看完，直到陈娟放下相机，纵身一跃地叠加到樊磊的身上，他才受不住地嗷嗷直叫起来，放下手机，开始反击。当"四人墙"崩塌后，他报复性地压到张志夑的身上去，而陈娟仍举起相机，继续指挥着拍摄。张志夑推开男孩，凑到相机前，与樊磊做起各种亲密的动作……女孩唐唐在旁笑看着，不时发出呵呵的笑声；而我，干坐在一旁，一方面被他们近乎癫狂的年轻与热闹感染，感到几分愉快，另一方面却又始终置身局外，无法融入；就像一个被带进舞池却忘了怎么跳舞的人那样窘迫无比。我忍受着头晕与失措，让自己一分钟一分钟地滞留下去；但经过既漫长又短暂的几分钟后，我还是决定离开。我在最后偷偷看了男孩一眼：他正盘腿坐在床上，笑看着樊磊和张志夑的表演，笑容里带着几分少年的羞涩。我站了起来，像是被什么逼迫似地跟他们道起了别，离开了房间。

　　由于骏明常常在家加班至深夜，我为此养成了非常糟糕的晚睡晚起的习惯，一般要到 11 点至 12 点之间，而现在距离那时至少还有 3 个小时。多么漫长、难熬的 3 个小时。为了制止这样一阵阵焦躁，我需要找些事来做。房间内电视、电脑一应俱全，但我没有看电视或上网的心情，除了与你对话外，我对什么都没有兴致，什么都不想做。为此，我甚至拿出了本子和笔——我总随身携带这两样东西。翻开本子，翻到空白页，我想安下心来与你好好聊聊。不再仅仅是脑海里的对话，而换作这种更为具体的方式。或许这种只有我一个人的倾诉不该称为对白，可我依然偏向这个词，并极力感受你的存在。是的，你与我一起从 S 城空荡荡的屋子里逃了出来，我们一起开始了这趟旅行，你是独个的，我也是独个的，我们做不到相视相见，但原可以做到形影不离。然而，今天，白天，我又几乎忘光了你，因为那个男孩，那个实质上与我们毫无关系的男孩。我原以为我会时刻与你在一起，即使我加入某个团体，认识某些人，但你我依然形影不离，我将向你讲述我所见所想的一切，比如美妙的风景、时而暗淡时而明媚的心情，比如音乐、舞蹈、爱情，这个世间存在的、我认为应该向你描述的事物，也包括我所结识的人，我的所思所想，一切，我都将平静而安详地向你讲述，作为谈资，作为缔结你我之间的纽带。

　　孩子，我是否该自觉地停止对这趟旅行的讲述了呢？因为，很显然，我的状态已完全不是我所想的状态，既然我把你视为一个孩子，一个聪明的、又像我小时候那样敏感的孩子，那么，即使你的肉体尚未发育成型，但你却早已有了自己的思想。你会说：既然你已经忘了我，又何必现在将我揪出来，而且仅仅是为了阻止自己因为思念一个男孩又不得见的焦躁感。你会觉得，我已丧失诚意，且把你当作了一道宣泄自己热烈情感的工具。

在被你的话（它通过某个频率的波直接输送到我的大脑）呛得一阵沉默之后，孩子，我却依然想要向你倾诉，不无诚意，我能感觉到——虽然还有些模糊——这个男孩的出现，对于你我有着非同寻常的意义，比起一般的谈资，他将成为缔结我们之间更为坚不可摧的纽带。因为，从来没有一个人，令我爱与欢喜到将他视为"生命的风景"来赏阅，直到这个男孩的出现。我希望能将自己模糊的感觉进一步清晰，成为一种确证。

现在，我的心已平定下来，不再焦躁，我能清楚地辨识自己之所以如此着迷这个男孩的原因，并进一步明白自己已无法终止这份爱与欢喜：那甜柔的双眸，清新的气息，略带羞涩的少年的笑，朝气蓬勃的生机，还有那生动活力的细胞、肝脏、神经与躯体，没有任何衰减过的感官知觉，一切都是那样新鲜、蓬勃而又纯净……尤其当这样一个人儿不自禁对你表达好感时，你根本、根本无法不去对他产生爱，产生欢喜，以至迷恋。因为他的存在，时间与空间的动态，他可以向我不断展现他那美妙绝伦的美，可以用属于自己的方式表达（或者流露）对我的情感，而你呢？你除了梦中诱惑，除了保守你的虚无，你还能做些什么？还曾做过些什么？……或者说，孩子，当我无限渴望一个新生命的时候，我无法不热爱眼前这样一个无比美好的清新生命——我感觉自己……就仿佛一名被关押多年的囚犯，浑身污垢，面色苍白，被流放到沙漠之地，突然闻到一股沁人心脾的清泉的气息。我向着清泉靠近，并看到了清澈的泉水里倒映着我梦中人的影子，我的生命模特……我看见了自己的"生命模特"。

没错，生命模特，也许人们会将它形容为"生命符号"或"梦中情人"之类的；而我的脑海里，突然浮现"生命模特"这个词组。再没有比这样的词组更为准确的了。正如"服装模特"展现服装之美，"人体模特"展现人体之美，而他——这个与我们毫无关系的男孩——将向我展示的，是生命活力与生命之美；于是，我这个被流放的囚犯，蹲在岸边（也许是跪着），如此沉醉，忘乎所以。

唯有领略，才能深信不疑。孩子，当你我还处于生命与非生命的两端，存在与虚无的两寓，此时，一副描绘着生命之美的画卷出现了，并在我们面前徐徐展开，我们何不一同静静地赏阅呢？当你无限渴望成为生命，而我无限期待诞生生命的时候，我们何不以他，以对他的情感，作为连接我们——连接我们对彼此情感与渴望的桥梁，你说呢？他将向你我展现无限的生命之美，而你我都终将对他爱与迷恋，必然如此，无从抗拒。

你一定是个聪慧的孩子，能明白其中的含义，于是愿意继续听我讲叙下去，对吗？事实上，在凌晨时分，看着窗外一点点发白，嗅着清新、甘甜的空气，我的心中便充满莫大的感激，莫大的感恩。感恩造化，感恩造化在创造美丽景物的同时，还创造了更美的生命。造化创造了他，而命运将他带至我们面前，供我们一同赏阅以见证生命的活力与美……尽管我是那么迫不及待，但我仍然根据时钟的安排，不紧不慢地梳妆打扮，整理必要的行李，临近约定的时间点才开门下楼。我一眼就又见到他了：穿着一身黑色休闲服，戴一顶白色鸭舌帽，白底灰面的球鞋……神清气爽……无与伦比……我让自己保持漫不经意，到沙发边去坐了会儿，目光游离在电视柜旁的塑料红枫树以及墙壁上的几幅水彩画之间；然后，我背起背包，跟着他们一道出发，新的美好的一天如此开始……

孩子，在讲述今天的旅程之前，还是让我先抽出一点时间，来讲叙一下音乐这门世间的艺术。

艺术，可谓这个世界上人类所创造的最伟大的事物，包含文学、美术、音乐、舞蹈、雕塑、电影、戏剧、建筑等，以各种不同的形式，铸造、展现这世间各种不同的美。超越时空，亦动亦静，带给人类无可比拟的视听及精神享受。我该如何去赞颂它的伟大呢？或许我可以借用雷诺兹的话："它使一切自然的变得更加完美。"它让在这物质世界里的生存变为诗性的栖居，让这个纷繁复杂的世界仿佛成为鱼的海洋，马的草原，小狐狸的麦地，爱丽丝的仙境；使这世间的一切都不可阻挡地向着美的方向行进。

但是，孩子，我无法向你将它详尽，万分之一也不能。我只能说，倘若你来到这个世界，你也极可能像我一样，在某个午后，沉溺而不可自拔，并影响一生。我之所以想向你说说它其中的一种形式——音乐，是因为今天整个白天我们都浸泡在音乐当中。从丽江到飞来寺，虽只有110公里，但因山路居多，面包车从早晨到黄昏行驶了一整天。在这一整天里，面包车内都在播放音乐。昨天我曾说那个不具有任何资质的青年导游看起来像个农民，然而事实上，在做地方陪游之前，他曾是一名藏族舞的舞蹈演员，只因为长期带团在外风吹日晒，使他看起来比他27岁的实际年龄要大许多。他是如此酷爱音乐，以致一整天都在无休止地播放，且选择的都是年轻人们所喜爱的流行音乐，既欢快又深情，我们就在这样的音乐里浸泡了一整天，以至现在仍犹在耳。

孩子，很抱歉我无法很专业地向你阐释，我只知道它隶属于听觉艺术，通过声音（各种美妙的声响与旋律）带给你美的奇妙的听觉享受，你甚至可以将山崩地裂的轰鸣、小溪流水的呜咽，乃至乌云穿月的静谧，都视为是一段段的音乐。但人们通常还是将人类自身发明的部分归为音乐。人类在劳动中歌唱，在祭祀中歌唱，接着人类发明了乐器，各式各样能发出动人音响的乐器：笛子、箫、笙、葫芦丝、古筝、琵琶，各类琴，各种胡与鼓，还有西洋乐器中钢琴、大提琴、小提琴、电吉他，不一而足。人类利用自身天生的美妙歌喉，以及后天的百般雕琢，生动地演绎着一曲又一曲美妙、精湛的乐章。而所有这一切，都需要体验，亲耳聆听，方能领略。孩子，唯有当你来到这个世界，尤其当你是个感情细腻的人，你将知道音乐是这个世间多么不可或缺的元素。只要有人类存在的地方，就会有人类创造的音乐。在这个世间的每个角落，都充斥着或欢乐或忧伤或深邃或浅显的音乐。人类依靠音乐，淋漓尽致地表达自身的情感，你将知道，在人类看似简单的躯体下，人类灵魂中的情感究竟有多么丰富，而音乐又是怎样微妙地将如此丰富复杂的情感，一一呈现出来。

现在，让我来给你讲一个故事吧，我突然想到了这个故事，跟音乐跟一个孩子出生有关的故事。发生在我一个朋友的身上。我跟她不算太熟，偶尔在网上聊聊天；但她却告诉了我这件刻骨铭心的事。她说，是音乐，给了她现在这个既健康又可爱的孩子。在她怀孕 34 周的时候，B 超检查出胎儿的小脑发育异常，而患有这种病症的人出生后很有可能夭折。她曾终日以泪洗面，巨大的矛盾令她几近崩溃；而身边的人无不劝她放弃。临盆的日期一天天逼近。她想该让腹中的孩子好好听一听音乐。她知道有音乐胎教这回事，却因为忙碌一直疏于实践。她开始不分晨昏地聆听音乐，其中有一首曲子，她反反复复地聆听了一天一夜，而那一天一夜里，她的孩子似乎也变得格外安静。正是那一首曲子给了她力量，给了她与孩子一起承受任何命运的决心与勇气，就这样她毅然决然地生下了她——一个漂亮的女孩儿。真实的状况并没有医生告诉的那么严重，经过两年的按摩康复训练，她拥有了一个比自己生命更珍贵的健康的孩子。现在，她小孩已经 4 岁，一切正常，活泼，漂亮，甚至比一般的小孩还更聪明。

这个故事曾深深地感动过我，让我对音乐更加信赖。我也还可以再告诉你一次我自己的深刻体验，如果你不那么着急的话——那事发生在 9 年前，是我参加工作后的第二年，我与同事们一道外出旅游。那时我还只有 22 岁。我对你说过，曾经的我是一个不懂得快乐的人，内心总充满无端的忧愁与烦闷，即使外出旅游亦是如此。尽管我们通常会选择住当地最好的宾馆，吃当地最出名的美食，全程享受安逸与舒适的服务，但我丝毫感受不到快乐。那一次，我们到一个四面环海的小岛上度假，所住的五星级宾馆一派富丽堂皇，内部配套设施齐全，而外面却是一片漆黑荒蛮的岛屿。我的内心依然处于无端的苦闷与凄惶的愁绪当中，既不想去卡拉 OK 厅，也不想前往任何人多的场所，而是一个人空落落地来到了一楼的大厅，想去外面走走。偌大的厅内充斥着旋律优美而宁静的音乐，我即刻被它深深吸引。大厅内的一切似乎都正沉醉其中。我忘了自己下楼的目的，伴随着音乐声，随心地走向半明半暗的观海角，并在沙发上坐了下来。我面向大海，闭上眼睛，如痴如醉地聆听。宁静而优美的旋律如诉如泣，像微波轻漾一般久久持续，温柔地抚慰着心灵，让人如梦似幻。后来，当音乐结束，我情难自禁地走去服务台，询问方才所播放的音乐碟名。服务台小姐很热心地将我带到音响旁边，找出之前所播放的碟，是班得瑞乐队的《春野》。

那是一张流行很广的纯音乐碟，也是从那时开始，我爱上了纯音乐。我后来还爱上过其他一些类型的音乐，尤其是充满迷幻色彩的电子乐。此刻回想起来，我远离流行音乐已有数年，我甚至以为流行音乐将不再打动我；然而，今天，它令我陶醉了一天，令我那么愉悦而又深情。

孩子，我是否可以艺术以音乐之名，邀请你到这个世间来呢？请相信，它必定是你值得来此世间的一个很大的理由。

　　现在，让我开始讲述今天的旅程。当我们一行人走出小区，吃过早餐，来到约定的路边时，藏族青年——他的名字叫格布——开一辆小型面包车准时到达，下车帮我们放行李。他的头发刚洗过，蓬松地在晨风中起舞，比初见时要显得年轻，仍穿着有破损的羊毛外套，散发着少数民族人独有的风情。当他接过我的行李时，我忍不住就昨天的"过于谨慎"向他道起了歉。或许我常常这样，拘谨谨慎，过后又愧疚不安。他毫不计较，反倒有些不好意思，连连说没事没事。

　　我最后一个上车，坐在最后排。男孩也坐在最后排，中间隔着陈娟。樊磊坐在副驾驶位，唐唐与张志彀坐中排。我对这样的坐法很满意，因为这样轻易就能将男孩纳入视野，几乎无需转头，只需稍微移动视线，就能捕捉到他的存在，感受他就在身边。此时车内正播放着流行乐，我们在欢快的音乐声中出发，欢天喜地，无拘无束，与以往跟正规旅行社的滋味大不相同，没有人举着喇叭喋喋不休向你灌输或许你根本没有兴趣去了解的地理或历史知识，也不会有人为了搞气氛，而强迫你去参与一些无聊的游戏；取而代之的只有音乐、年轻男孩女孩们的打趣斗嘴，以及少年樊颢始终在旁的身影。

　　车内弥漫着较为浓烈的汽油味，每个人都闻了出来，格布解释是汽油加得过满的缘故，而另一个原因是面包车比较陈旧，排放的废气从排气口处进入了车内，弥漫到车厢。男孩恰恰坐的是排气口的角落，因而也是污气和汽油味最重的地方。他堂哥提议两人换个座位，但男孩没有答应，说他不晕车，没有关系。（事实上，到后来他也发生过晕车症状，却闷不吭声地坚持坐了一整天。）其他人也都表现得不以为意，就像面对一桌不堪入目的饭菜，他们也能照样吃得津津有味一样。这群年轻人所表现出的、对一切琐碎都很宽容的无所谓的态度，常常让阅历社会多年的我自愧不如。他们拿一头子虚乌有的牦牛尽情地开起玩笑，商议如何在到达目的地后逮到一头牦牛，烧烤着来吃，他们甚至已经在为如何分吃那头子虚乌有的牦牛而起了争执，互不相让。

我的心情是那么美好、愉悦。尽管车厢内弥漫着不轻的汽油味儿，而一向闻到汽油味就容易晕车的我，这一天却完全没有晕车，甚至还破天荒地觉得那味儿非但不难闻，还几乎带了点儿香味。如果说这个世界还是原来的世界，那味儿还是原来的味儿，那么脱胎换骨的，除了我的心情，还能有什么呢？虽然独坐一旁，有些难以加入他们的插科打诨，但却对他们一言一语都饶有兴趣，我一边关注他们打趣的对话，一边聆听车内的音乐。我相信自己快活的心情绝不亚于他们中的任何一个人，只可惜这个世间用来形容美好心情的词汇太少，翻来覆去总是那么一些，即使我将所知的全部都列举出来，也不足以完整地表达我彼时彼刻欢快的心情。

我双臂抱胸，转头向车窗外微微一笑。此时的音乐声中夹杂了男孩的一句话，一声笑。听到他的说笑声，总令我的内心也情不自禁地跟着乐开来。窗外阳光很好，视野颇为开阔，能望见近处灰色的矮山，还有远处白色的雪山。音乐伴随心绪蔓延，像是一直蔓延到了雪山的那一头。视野内的一切似乎都在音乐所能抵达之处。有片刻，我带着愉悦的心情想到了你，我极目远舒，试图发现你的影子或痕迹，但一无所获。

男孩女孩们开罢玩笑，便又兴奋地伴着音乐唱起了歌，一边唱，一边手舞足蹈；大约 1 小时后，车内逐渐安静。因为早起的缘故，大家似乎都有了困意，纷纷闭起眼睛小憩。格布将音响的声音调小了些，仍未关闭，一边聆听音乐，一边专心致志地开车。整个车内只剩音乐在幽情地萦绕，又似乎在催人入眠。我依然睡意不浓，时而闭目养神，时而睁开眼睛，扭头看一会儿窗外，仍又闭目养神。我尽量不去看男孩，就好像有一件晶莹剔透又无比珍贵的宝物就在你面前，而你小心翼翼地不敢随便伸手就去触摸一样。但男孩的身影却无时无刻不在我的余光当中，让我时刻都能感受到他的存在。当我闭目养神时，男孩的身影似乎还会更加清晰地坐在我旁边，恍惚车内其他的人都消失不见，只剩下我与男孩二人，坐在一辆仿佛自动行驶的车上，驶向未知的远方。

但我终于还是忍不住去看男孩。睁开眼睛，背靠住椅背，稍稍歪过头，转动眼眸，便将他尽收眼底：他的坐姿颇为松弛，长长的双腿叉开着，背靠椅背。我将视线往上移，便看见了男孩的脸。迎着朝阳的青春的脸。车窗玻璃上的阳光清晰地勾勒着他侧脸的线条与轮廓——那样的一种美与气息，与光芒交织，几乎让人忘了呼吸。我甚至能看清光芒中男孩肌肤的绒毛，他闭着眼睛下的睫毛的投影——他睡着了么？或也只是在闭门养神？我无从判断。

我将视线收了回来，内心仿佛获得了短暂满足，同时又因男孩那样一种浑然天成的美而倒吸了口气。的确，在此之前，我从未见过如此青春俊美、令人着迷的脸。我也曾提醒自己，别因为他而忘了你，但我无法不将他视为珍宝。几分钟后，当我再一次向他看去，他已然醒了过来——或者之前并未真的入睡——正漫不经意又像是观赏地看着窗外，他的神情看上去那样惬意，嘴巴微微张开，又随即合起，眼睛一眨不眨的，像是正对这一趟出游满怀无限憧憬……哦，孩子，你能想象一下这样的画面吗：一个高瘦颀长的舞象少年，头戴鸭舌帽，身穿一身黑色休闲服，颇为松弛地靠窗而坐，双手搁在叉开的双腿之间，头略微扬起，俊美的脸庞沐浴在光芒中；从窗外枝叶间透过的阳光，斑驳地落遍他的全身……

一幅多么唯美的画面。当男孩意识到有目光在看着他，向这边转过头之际，我赶紧抽回了视线。

尽管我始终小心翼翼，竭力减少偷看男孩的次数，但对于如此超乎寻常的喜爱，我猜测坐在中间的陈娟早有觉察。她对此像是非常反感，似乎男孩只是属于他们一群人的，是属于他们的、招人喜爱的、公共的小弟弟，而我依然不过是个不合时宜的后加入者。在她从短暂的休憩中醒来之后，她公然地明显地表明了她的这一态度。那就是，当她探身从车尾部取来一瓶可乐，在拧开瓶盖之际，由于车身的颠簸，可乐汁洒在了我的大腿、屁股以及座椅上。我并不是说她故意这样做，而是当液体洒在我的身上之后，她视若无睹，没有说任何一句道歉的话，甚至没有看我一眼，便转身去向男孩献殷勤。我想连男孩都已经是注意到了的，但他也不好说什么。他拒绝了陈娟的殷勤，说他不渴，现在还不想喝。陈娟于是自己喝了起来。喝过可乐，她翘着屁股将瓶子放回车尾，任凭我在用纸巾到处擦拭，依然懒得正眼瞧我一眼，扭身"啪"地重新坐下，闭眼假寐。

老实说，孩子，在当时我真正是被陈娟不礼貌的行为给气恼了，但我忍耐着未吭声，同时感到十二分羞愧，为自己竟然如此恬不知耻地迷恋上他们之中这么小的成员，以致遭到这样的屈辱。我原本非常舒缓的身体开始紧张了起来，并且出现了非常强烈的焦躁感。那些属于焦虑症的症状又一度在我的身体上显现了出来。我把头撇向这边的车窗，努力让自己沉浸到音乐当中，努力去维持轻松、惬意的心情，甚至为了让自己在接下去的时光里能够坦然一些，我在心里决定与男孩保持距离。我想自己需要做的，就是让自己保持得冷静一些，孑然地观风赏景，一如初衷。

但是，孩子，你不会知道，当你迷恋的孩子兴奋地绕着你跑来跑去时的那种喜悦和幸福。在一处风景点，所有人都下了车来观光。男孩与张志殁嬉戏，他大概是把张志殁惹恼了，后者在追逐，男孩向着我跑来，绕了一圈，跑开，接着又跑了来，这次更近了。我站着不动，微笑地看着，男孩仿佛确认了一般，跑到我的身后，左躲右闪，与张志岌躲猫猫。有几次他的手都划过我的身体，很快地划过，留给我一刹又一刹温热的触感。有那么一瞬间，大概几秒的时间，男孩甚至同时用双手钳住了我的双肩，身体紧贴着我的后背，似乎找到庇护般地对着张志岌胜利地得意地笑。几秒后，他发觉了自己的忘形，窘迫地松开了来，几分羞涩地跑开了去。而我，孩子，你不会知道我当时的内心有多少幸福和激动。我几乎不敢相信那短暂的瞬间是真实的，这个我正深深迷恋的男孩，毋庸置疑，竟对我果真抱有相应的好感，至少是亲切感。我回味着那犹如被拥抱的瞬间，那被拥抱瞬间的温度，由此一遍遍去确认并非自己自作多情。这突如其来的莫大幸福，令我忘乎所以，它犹如旋风一般，将我刚刚欲关闭的心门，"哗"地全敞开了来。我再也懒得去顾忌陈娟怪异的眼神，我宁愿相信这就是我与男孩之间的情缘，我沉浸在自己爱的幸福中，再也没有什么可以阻挡或破坏。

在一个叫奔子栏的小镇吃过午饭，之后面包车沿着山路盘旋而上，到达4000多米海拔的白马雪山垭口，我便是在这里发生了高原反应。年轻人都兴高采烈地下了车去，只剩我一人还滞留在面包车上，头晕脑胀，且浑身无力；能听到他们在山顶上肆无忌惮的一声连一声的大喊。为了不错失这一高海拔的风景，啊，准确地说，是想看到男孩，看到男孩在这片空旷之地欢快的样子。我支撑着下了车，并试图向他们正欢乐的地方走去。然而不行，我眼前的一切都是晃动着的，我自己也像是要飘忽起来。我感到很大的侵袭的风，难以承受的刺骨的寒冷，很勉强上了一道坡，便再也无法前进半步。头晕令我闭上了眼睛，闭了半响，睁开来，放眼向前方望去。我看到了远处的那一抹蓝，男孩羽绒服的蓝色，（因为愈渐的寒冷，大家都把携带的羽绒衣穿了起来）像四周天空那样的湛蓝色。他的那一抹湛蓝正背对身后湛蓝的天空，面向着我。他又开双腿站立，然后伸展开双臂，向上举起，从他的脖子与手臂间穿过的一道阳光，午后申时的阳光，是那样赤白与耀眼，又无声地与他融合在一起。他保持那样的姿势照了一张相，随后他抛下为他照相的人，转身往山下的方向奔跑去。有人跟随着奔跑。而我，是那样情不自禁地也想要奔跑，去追逐那一抹跳跃的快要消逝的蓝，然而我不能，我根本无法再向前迈步，而只能沮丧、缓慢而又小心翼翼地转身回到路旁的面包车上。

等他们回来，发现我发生高原反应，便让我坐去了副驾驶的位置，给我吸了氧，很快好了许多，但依然乏力。天抹黑之时，我们抵达了目的地飞来寺，入住观景天堂酒店。吃晚餐时，我依然头昏脑胀，胃口全无，所以勉强吃过一些后，便提前独自回了客房。之后我跟着唐唐去了一次男孩们的房间，滞留了不到十分钟，仍又独自回了来……

刚看了看手机上的时间，居然已过 11 点了——原本漫长的三个小时不知不觉就过去了。我差不多也该睡觉了。天气很冷，不过我还是想好好地洗个澡，据说雨崩那地儿连电都未接通，更不可能洗热水澡了。唐唐与陈娟也差不多该回来了吧，我打算洗过澡就睡觉了。

孩子，感谢有你陪伴。虽然我无从看见你，但我始终都能感觉到你的存在。这里处于群山之谷，想必外面一片漆黑吧。此刻，你会在哪儿呢？我想象你正停歇在一朵洁白的云上，或者一道永远发亮的光圈中。恬静、温暖、美好，就像这个世间的生灵所能享受到的这样……在你到来之前，我都愿意这样想象……

第六章

人不应当害怕死亡，而应该害怕未曾真正地活过。

——奥里利厄斯

仍旧是美好地开始的一天。空气寒冷而清冽，我想我从不曾呼吸过如此清澈的空气，好像能将人的每颗细胞都仔细洗涤一遍，祛污除浊，令人神清气爽。我也没有再发生高原反应，尽管入眠的时间不长，但头脑清明。

为了观赏传说中美丽的"日照梅里雪山"景观，我们一致将闹钟调在六点半。我、唐唐与陈娟三人一起走出客房，准备一道上天台观赏；但陈娟突然改变主意，决定先去督促那几个"懒鬼"起床，以免他们因为贪睡而错失这千载难逢的机会，拉上唐唐，心急火燎地就往楼下跑。于是我一人先到了楼顶的天台。天尚未亮，灰蒙蒙的，然而男孩已经在了。我的眼睛在适应了天台上灰蒙蒙的光线后，便看见了他，身着天蓝色羽绒服，正站在靠近护栏的边上，手握单反相机对着远山专注地拍摄。

我看着男孩的背影，恍惚置身梦境，恍惚在梦境中，自己爬上了高高的楼顶，来与少年相会。我向着他一步步走近，心中倍感温馨。

"欸，你什么时候上来的？"直到走到身旁，他才发现我，几分惊喜的样子。

"我刚上来。"我说。

"现在，太阳还没有出来，看不到那些山峰，不知道还要等多久。"男孩说，"估计起码得半个多小时。"

我们凭栏而立。男孩手指远处的雪山——那里已出现红彤彤晨光，将洁白的雪山顶染了一层金色与黄色，可谓云蒸霞蔚，光芒璀璨——问我有没有听说过那里曾发生过的山难。我摇头表示未曾听说。这趟云南之旅可谓鲁莽而冲动，除了搜索过一些风景优美的图片外，我对大多相关知识孤陋寡闻；对于之后买的旅游手册，也早无心去看。见我一脸茫然，男孩说他曾在网上看过那次山难的介绍以及相关纪录片视频，并对我详细地复述起来：远处的梅里雪山地处金沙江、澜沧江和怒江三江并流之处，有大小 13 座山峰，海拔均在 6000 米以上，其中海拔最高的叫卡瓦格博峰，处于三江并流的腹地，既是梅里雪山的主峰，也是藏区八大神山之首，海拔 6740 米，是云南省的第一高峰，被誉为"雪山之神"，就是著名的 1991 年卡瓦格博山难发生地。当时参加登山的 17 名队员全部遇难，包括 6 名中国人和 11 名日本人，被列为世界登山史上继列宁峰惨案后的第二大惨案。这支登山队由中国和日本京东大学联合组成，经过周密的调研与准备，于 1990 年底来到雪山脚下，建立大本营，开始攀登，并志在必得。经过 20 多天的奋战，穿过难以立足的碎雪层，跨越 90 度的大冰壁，克服重重困难，在越来越高的海拔上先后建立并进驻一、二、三、四号营地；到 12 月 28 日上午，5 名突击队员已到达 6200 米的高度，正接近主峰背后的山脊，这是卡瓦格博从未有过的高度，留在 3 号营地的队友得到消息，敲盆击碗为即将到来的胜利而欢呼。然而这时，天气突然转坏，大风刮起，乌云遮蔽山顶。突击队迎难而上，到达 6470 米，眼看峰顶就在眼前，垂直距离只剩 270 米；但由于云层凶猛，气温骤降，突击队员被冻得浑身颤抖，紧接着，狂风怒卷，石渣般坚硬的雪粒抽打着脸庞。突击队迫不得已拉起简易帐篷，以避风寒，到下午 4 点，依然风雪肆虐，丝毫没有停止的迹象。面对近在眼前的山峰，近在咫尺的胜利，队长只能痛苦地命令：取消行动，返回三号营地。而此时，下撤已非常困难，山顶被黑云笼罩，漫天风雨中，5 名队员彻底迷失方向，找不到出路。队员们几次试图冲出黑暗，都因无法辨识方向而被迫放弃。最后队长只能让他们将剩余食品集中起来平均分配，做好在山顶过夜的准备。而到晚上 10 点，风突然停住了，乌云散去，月光把雪地照得亮堂堂的。队员们借着月光于深夜安全回到三号营地。突击顶峰功败垂成，突击队员大难不死。这次冲顶让他们观察到了最后的地形，结论是已经没有克服不了的难点了。也就是说，只待天气好转，胜利便是他们的囊中之物。但人算不如天算，连日的大风大雪将这些勇猛之士困顿在营地，没完没了的积雪，几乎将他们的帐篷淹没，而 1 月 3 日晚那一场无人知晓的巨大雪崩，更是让 17 条鲜活的生命，在一夜之间销声匿迹；直到 7 年之后，他们的残骸及遗物才在冰川之下，由一个放牧人发现。

男孩接着复述，一方面，卡瓦格博峰因从无人登顶，而成为登山爱好者们跃跃欲试的首选；另一方面，卡瓦格博又是当地藏民心目中的神山，不容世人染指它的圣洁；因而不断引发尊重文化与体育精神之间的争执。5 年后的 1996 年，仍然是由中国和日本京东大学组成的联合登山队，再次对卡瓦格博峰发起挑战，但因天气预报误报的缘故，挑战失败。

此后，仍有美国登山队、中日联合登山队挑战卡瓦格博峰，均以失败告终。而藏民们的反对也越来越激烈和尖锐。每当有登山者到来，藏民们就会躺在路上，躺在澜沧江桥上，进行阻挠，告诉登山队如果要攀登卡瓦博就先从他们身上踩过去。与此同时，关于登山是否需要尊重当地文化的争论一直在持续。2000年美国大自然保护协会与当地政府在德钦召开了一次国际会议，数十位中外学者、官员、喇嘛、活佛等一道商讨关于卡瓦格博环境与文化保护的问题，签署了关于禁止梅里雪山进行登山活动的呼吁书，呼吁政府立法保护神山。2001年当地人大正式立法，明确规定不再允许攀登卡瓦格博神山，从此，卡瓦格博峰成为真正名副其实的"处女峰"，过去无人能染指，将来更无人能染指。

听完男孩的讲述，我也不由平添几分震撼，对远处的雪山（尽管山峰还未呈现）肃然起敬：美丽、神秘，悲壮而又圣洁，原来这才是它真正的魅力所在。是否男孩也正是被他所看到的这番介绍与视频所打动，以致能克服寒冷以及年轻人对床的惰性，一大早就来此顶楼守候？

"你知道吗？我特别佩服那些人，那些为了理想而死的人。我觉得自己骨子里也喜欢冒险。"男孩眼瞅着远山，满怀憧憬地说。

"可是，冒险还是很担风险的。"我说。

"哪件事会没有风险。"男孩说，"你不觉得能死于自己的理想特别光荣吗？"

"确实，我也很佩服他们。"我说。

"嗯，是啊，我一直觉得最能证明一个人是如何活过的，莫过于看他最后是为什么而死的；这才是真正的生命。"男孩语气坚定地说，"比如，我们现在站在这里，所感受到的是那 17 个已经死去了的登山员的生命，他们虽然死去，但他们更加活着，这就是我理解的生命，你觉得呢？"男孩看向我，以获得求证。

"我……"我哑然笑笑，一时间似乎找不到合适的话来回答。男孩转过头，继续眺望远山。他那独立而桀骜的生命观，以及他在表达自己观点后，继续眺望远山时，那果敢、坚毅又向往的神情，让我那么欢喜，几近陶醉。

男孩收回视线，欲对我再说些什么，但被陈娟和唐唐的到来打断。我与男孩之间第一次单独相处到此结束，有大约半小时的时间。这半小时的时间在我看来如此珍贵，因为男孩不仅向我讲述了那段令人动容的历史，还向我吐露了自己的内心憧憬以及生命观；似乎已把我当作熟识的朋友。

天比之前亮了不少，但未见樊磊和张志彀随后。陈娟似乎动过怒，绷着脸，面无表情。唐唐示意我们，她确实是不太高兴的；两个男孩不肯起床，怎么拉都拉不起来，惹得她真生气了。我无意说什么，显得有些儿冷淡；对于她这样莫名其妙的生气，我从心里懒得去安慰。但男孩有点过意不去，想方设法地哄起她来。陈娟似乎看在男孩的面子上，脸上逐渐有了表情。她发号指令一般地将男孩带往她挑选的角落，让他为她与唐唐拍照。我站在差不多原来的地方，迎风远瞭。

在天台上，除了我们几个，还有两个年龄相仿的妇女，一对年轻的情侣，以及另外一群人：他们很像是一个专业的摄影队，共有 7 个人，年龄介于 35~60 岁之间，在正对卡瓦格博峰的位置，架好了四台长镜头相机。他们一边闲聊，一边等待日出时分那最为动人时刻。然而，孩子，对于我来说，那最为绚烂的光芒，最为绚丽的风景，仿佛都伴随男孩的存在，而已然呈现在我的眼底——再没有比男孩的存在更为动人的风景了。尽管我曾那样渴望见到最为美丽的景致，我甚至曾一心为追求它而来；但此刻的我却如此漫不经意。当我目光触及男孩的时候，我几乎觉得，是男孩，而不是太阳，在令天空一点点变得更明朗起来；阳光唯有照到男孩身上，照在那清新动人的生命之上，而不是照到雪山之巅，才能放射出最夺目、最动人心魂的光芒。

嘀，孩子，在天台上，我还发现了一个现象，那就是月亮和太阳居然同时出现在了空中，当东边的朝阳一点点喷薄而出，居中的上空正有一轮赤白的、温静静的圆月在等候，仿佛在等候与太阳的相见、相逢。这样的现象我还是头一回见到，我甚至由此想到了我与男孩的关系：日与月的关系。日与月，它们一个朝气蓬勃，一个寂寥空虚；一个春华绚烂，一个一洗铅华；一个激昂如火，一个清冷似水；如果说男孩就是那太阳，那我是否像那月亮呢？已失去自身的热与光，唯有靠太阳的辉映，才短暂现出此刻这浑圆的形状、皎洁的亮度；又因思念太深，感动机缘，因而得以与太阳在此情此境中神奇地相会！

　　我们都满怀期待一睹卡瓦格博峰的神采，但最终遗憾地未能如愿。由于云雾遮挡，还由于赶时间。临近八点，在格布的一再催促下，我们跑到餐厅匆忙吃过自助早餐，离开了酒店。经过十三白塔时，格布停了车，下车走往底下的焚香塔。我也跟了过去，效仿他往炉内烧起一束柏香。孩子，虽然我曾说自己不相信上帝的存在，然而，在这片连绵的群山之谷，在肃穆的白塔与飘扬的经幡之间，我却宁愿相信神是真的存在的，存在于这片信仰它的大地。不仅存在，且能感知我的到来，知道我带着一个强烈的心愿而来；啊，如果真有神灵存在，那么就请护佑一下我这个不远千里前来的游客吧。我在往炉内焚烧柏香时，心中如是默念。

　　烧过香，格布大跨步地走向一处较高的空地，面向远处的雪山，面向卡瓦格博峰，双手合十，口中喃喃自语，接着大声吆喝几声，退后几步，开始面向远山虔诚地三叩九拜。我在一旁观看，仪式完毕，我们一起往回走。格布一边走，一边告诉我，他方才那样做是在拜山神，求山神的保护，他们在出门前都要这样做，求山神保佑我们一路平安。

　　我们走回车跟前，上了车。这一次，大家变换了座法，我与张志发换了位置，而男孩与堂哥也换了位置。当我上车的时候，我瞥见陈娟正靠在樊磊的肩膀上。她似乎越来越明显地在纠缠他了，但后者却始终是一副漫不经心的态度，既无热情，也不抗拒。我坐在了中排，与唐唐坐在一起，经过两天的相处，我与她的关系已增进不少，而男孩就坐在副驾驶位，我的右前方。嗬，孩子，从这个角度看，他似乎一下长大了不少，看起来就像一个年轻而又英俊的男子。他的侧面是那么生动，那么好看，那微微凹陷（颧骨下方）又微微凸起（唇角旁边）的曲线，是多么精妙，鬼斧神工一般。即使他扭动脖子，左右张望，那些不断变化的弧线也始终妙不可言，始终看起来像一个年轻而格外英俊的男子。只有当他开口说话，当他处于发育时期那既带着童音又略粗哑的嗓音（既别致又动听）传进我耳朵的时候，我才重新确认，他仍只是个 14 岁的青春美少年。

他表情生动地在与格布谈些什么呢？他对最终迫使登山者们妥协的当地文化是那样好奇，想要一探究竟。而格布，无愧于一个称职的导游，知无不言，言无不尽。他对当地文化的知识面也算比较广泛，足够担任讲解员。他既在回答男孩一个人的疑问，又同时在对全车人进行宣讲，宣讲神山在他们心目中的神圣地位，以及他们对神山的无尽的敬仰与虔诚。之后他讲述起了他们藏人"人生无常、生死有命、天意不可违"的生死观。为了证明这些观念，他接着列举自己从事导游多年，所遭遇的一次又一次最终都逢凶化吉的险境。男孩兴致勃勃地听着，不时地插上一两声惊叹，或追问一些细节。他们如此高高兴兴地聊了一路。

我一边听着格布有板有眼的讲述，一边禁不住想象起面包车翻下悬崖的情景；但心中却忧惧全无，一派澄明，就像夏天暴雨过后的万里晴空。事实上，无论是昨天，或是今天，当车在悬崖峭壁上行驶的时候，尽管几乎从未经历，但我的内心着实没有半点担心受怕之感，似乎已真正能将生死置之度外。每当想到死亡时会有男孩陪伴在我身旁，我依然有种不坏且夹带着丝丝美好的感觉。只是，假如那一刻果真到来，那么，我渴望在那一刻到来之际，自己能离男孩近一些，能死于他的气息与光芒范围之内（虽然我说不出这范围究竟是多大，但我相信凭借灵魂一定能度量出来）；而男孩依然完好无损地活着。

约10点，面包车抵达西当温泉，我们这行人将徒步山路17公里，前往目的地雨崩村。在山脚下，有一些村民牵着骡子等待租客，我对自己缺乏信心，但还是毅然决定与大家一起徒步。商量的结果是共同租一头骡子，专用来驮行李。大伙纷纷把身上的背包解下来，往骡子身上放，唯有男孩还将大旅行包背在身上，不去行动，我提醒他去放下，得到的回答是："用不着，背着没事。"接着又来了一句声明："我就是想要挑战一下自己。"一边说，一边耸动着肩，跃跃欲试的样子，满怀的喜庆。他喜庆的模样，让我不由地也跟着喜庆了起来，仿佛是要去做一件格外振奋人心的事。我们各放了些巧克力进口袋，又各取了瓶红牛拿在手，这样男孩的背包里除了干粮、10来瓶矿泉水等之外，还有剩下的10多罐红牛。老实说，我有些替他担心，甚至不愿意看到他这样做，不愿意看到他劳累，而宁愿看到他像山间的野兔子那样轻盈地快乐地撒欢。

当然，那是没有可能的，除了那个为我们牵骡子的两颊酡红的年轻女子外，不到20分钟，所有人就都累得气喘吁吁了，连格布也没例外。他一边喘着气，一边安慰我们，说就这半小时的上坡路最难走，等爬完这一段，就会好起来。所幸真如他所说的，爬坡半小时后，山路变得宽敞又平缓，大家就又尚且轻松起来。一边走，一边观着光。队伍零零散散的，因为速度相近，我更多时间都与唐唐走在一起，格布陪着张志焌落在最后。唐唐鼓励我——没错，这个比我小9岁的小女孩居然反过来鼓励我，颇有经验似的，说：爬山都会如此，起先会感到很累，但坚持下去，突破了累的极限，反倒就好了起来，就感觉不到累了，而且能够一直走下去。她说她就是这样一个人，看起来又瘦又弱，但她知道自己的耐力很好，所以她有信心走完全程。我听着，心中一悦，想，若比耐力的话，我可绝不会输给你。跟她一样，我对自己的体能没多少信心，几乎是很缺乏信心的，却对自己的耐力无比自信。正是唐唐的这几句话，让我树立起了信心；也正是凭着对耐力的坚信，我得以顺利走完全程。

今天的徒步从上午直到黄昏，走了足足8小时。我们带着愉悦、雀跃又挑战的心情上路。我的心境就像昨天一样，温馨、美好、愉悦、深情；只是与陈娟的关系依然很冷淡，她也几乎没有正眼瞧过我。她的兴致集中在樊磊身上，不时主动而强势地要求樊磊搀扶她。她将胸脯紧贴樊磊臂膀的走路姿势近乎夸张，以致唐唐向我抱怨看不惯她的这种举止，太缺乏女孩的矜持；但这丝毫没有影响到我的心情。我现在很想对你说的是徒步在大自然丛林之间的感受：四周都是山林，一条不足一米宽的尘土路曲曲折折地绕山盘旋，而我就走在那条无限延伸的道上，唯一所要做的就是行走，行走，再行走，迈着步伐，丈量脚下的土地；其他一切似乎都远离而去。不是"似乎"，而是真正彻底远离而去了，那些所谓的城市文明，鳞次栉比的楼宇，像蜘蛛网一样的高端建筑，冰冷嶙峋的钢筋混凝土，黑夜里像无助的眼睛一样密密匝匝的窗口；以及被这些文明所捆绑的心：猜忌、冷漠，尔虞我诈的争斗，小心翼翼的自我保护，忧郁、悲伤、失落、执念，狂傲或是自卑，妥协或是坚守，所有那一切，都真正离去。剩下的、仍活跃在我们身体内的，似乎只有出生时的纯真与安详。一切都原本如此纯真、安详，站立百年的树木，轻盈扬起的尘土，走近又走远的马队的铃铛声。我生平头一次为自己随波逐流地建立起来的、曾令自己深信不疑的价值观与处世观，感到了质疑，乃至羞耻，为自己习惯性的淡漠，为自己居然把一个鲜活的自己，囚困在屋内，直到患上城市的文明病（焦虑症）感到不可思议。是的，孩子，我们总是封锁自己的心，用一双渴望的眼睛向外去探寻心目中所渴求的一切；殊不知它们就存在于自己的心间，并不曾离去。当我们逃离城市，迈进这片深山老林，心与心便能够在这里赤诚相见。我们感到所有路过的人都是那样亲切，那些同样来到这里、卸下了文明"重荷"的游人；那些淳朴的、坚守着自身宗教信仰的村民。我们一路都在与遇见的人打招呼，说着"你好"或"扎西德勒"，亲切、诚恳、欢快，让人隐隐想要落泪。令我想落泪的是：这一切还在，依然存在，且必将与大自然一起永恒存在。

孩子，你必须体验过，才能明白我今天的感受与感动，我非常相信，只要我回到这样的地方，我所有病症都将很快不治而愈；甚至是那些罹患恶疾的人，倘若来到这儿，病症也将获得减轻。曾看过有关茜茜公主的影片，她所罹患的是当时属于绝症的肺病，正是在大自然中获得自愈的。她是一位伟大的女性，一生挚爱大自然。她告诉人们：当你悲伤的时候，就到大自然中去，因为大自然会给予你所需要的力量。

但客观来说，今天山林的风景算不上很美，树木粗壮、密集，以绿色的松树为主，基本是重复的上坡下坡、重复的转角，重复的树林，因尘土较重，色调显得有些暗哑，可以说比较普通。但我说过，男孩本身就是一道风景，一道无可匹敌的风景，无论何时看去，他都是那样青春、活力、矫健、生机盎然，能将最普通的风景，瞬间转化作童话般的伊甸乐园。他背着大大的旅行包，步履轻盈，毫无沉重之感，间或地停下拍摄，那举着相机，调试镜头的站姿总是那样沉静与优美。

在这片伊甸园中，我还发现了两株红豆杉——低矮的树枝上长着红色的圆豆，我一看到，便猜测应该就是红豆杉了，感到很惊喜，有意落后几步，乘着他们没注意的时机，匆忙地摘了六七颗，放进口袋内。因为采摘得匆忙，随后又掏出来，扔掉其中腐烂了的两颗，其余的仍旧放进口袋。我不知道它们能保存多久，且也明知不太可能真去送给男孩，但我还是不禁想象了起来，同时感受自己内心隐藏的这份无人知晓的浓浓情意。

如此浓的情意几乎让人想要放声大喊，然而却只能小心隐藏。孩子，我多希望你能体会我心中这份正如此浓烈的情感；这份情感让我感到走在路上是那样温馨、喜悦、甘甜，就像一朵又一朵芳香迷人的鲜花，一齐簇拥到心头绽放着。

现在，让我来对你说一说男孩樊磊。我为什么要单独说到他呢？或许因为我自认为了解了他，因为我在他的身上看到了曾经的自己；还因为他是男孩的堂哥，与男孩存在一定的血缘关系，尽管他们那么不像。他的家境应该比较富裕，根据他的某些话可以推断出在读大学的时候他就拥有一辆属于自己的很不便宜的轿车。用现在社会流行的话来说，他基本可以称得上是"高富帅"，但我要说的不是这个，我更想说的是他的内在性情。我曾说过他是一个看起来漫不经心、胡子拉碴，乃至有几分颓废感的人。或是为了避开陈娟过火的热情——任何热情对他而言，都显得多余，他有时宁愿放慢速度，与我和唐唐走在一起。我们三人边走边聊了聊天，聊得不算太多，但我却凭借自身的经验，敏锐地捕捉到了他的整个思想体系，不是悲观，而是虚无。他的思想中渗透着强烈的虚无感，以至对生命中的一切都严重缺乏热情。他说他曾恋爱过二十多次，每次都是对方主动，然后发现激发不了他的热情，就又主动退出。在上大学的时候，他就对恋爱这样的事失去兴趣，感到索然无味。因为所谓的爱情，如果不是人们在荷尔蒙的分泌下去参与的虚幻游戏，那就是出于某些其他目的。爱情的本质不是游戏就是虚伪。凡事一旦看透本质，再去认真就未免可笑。他说他酷爱卡夫卡，还有加缪。卡夫卡的每本书他都看过很多遍。他通常在深夜通宵看卡夫卡的书，他喜欢那种仿佛荒漠中野生动物般的孤独，因为人本来就是荒漠中的野生动物，一切文明都是虚妄。他说工作除了赚钱维生之外，便再没有丝毫的意义，所以他的每份工作都不超过三个月，一旦超过三个月，他会感到非常厌倦。他认为凡事没必要追究对错，因为一切对错都是权威的结果，具有时效性和空间性，所以追究对错不仅无聊，而且揭露了人性的虚伪。他非常讨厌"概念"这种东西，一切都是因为先有了概念，才流行起来；否则一次由于饥饿而产生的抢面包事件，根本构不成抢劫，更不会被演变成一种职业。人类生存在这样一个个自我设定的概念中，滑稽、愚蠢，却自认为聪明。我说，可人类要前进，就阻止不了概念的生成，面对概念，人总还是要有所为，有所不为。樊磊（几乎是非常不屑地）说，无所谓为或不为，反正它都是要转变，要消失的。

他是如此沉溺自己的虚无主义观，坚信一切行为毫无意义，无论你说什么，他都能直截了当地将它推入"无意义"的深渊，让你无话可说。孩子，我想说的是，樊磊对于虚无的信仰，多像我曾经的悲观主义信仰；在尚没有真正体验到生命的严肃性之前，就仅凭自己浅尝辄止的经验，以及书本上的文字，而自认为看穿了生命的全部本质，且毋庸置疑，固执地坚守那样一个自我，害怕失去。他像一面镜子，让我再一次看清了曾经的自己。对于现在的他，就像曾经的我一样，要去说服绝无可能，一切劝说性的语言必将苍白无力，唯有当他经历更多，思考更多，他才能自己幡然醒悟。我相信，当他经历更多一些，当他开始反省自己的存在状态，开始厌倦纯粹的虚无，他一定也会像我一样，慢慢走出这样晦涩、单一的观念，打开心扉，去迎接生命中更多更绚烂的色彩。

　　在今天，从唐唐口中，我还获得了一个让人喜悦的消息，那就是原来男孩竟然与我同一天到达，同一天到达昆明，又同一天到达丽江。我比他还要早到一个小时。也就是说，当我滞留在昆明火车站时，他很可能也已经在了，我们的车次仅相距一个小时；也许在我排队买票离开后，他正急匆匆地赶去排队；（我记得我所买的票，是那趟火车的最后一张。）当我在昆明火车站周边百无聊赖的时候，或许他也正找着法子打发时间，当我登上火车，一个小时后，他也登上了同样开往丽江的火车。我们先后坐着同一个司机的同一部小卡车，来到事先预定好的同一家别墅。我们一直在错过，但又一个小时后，当我从古城溜达回来，我们便终于有了第一次的迎面相遇。嗬，孩子，这究竟是怎样的巧合啊，还是说这真的就是我与男孩之间注定了的一段缘分。无论如何，获知这个消息让我很喜悦。

　　傍晚时分，终得以抵达有着"世外桃源"之称的上雨崩村，踏上通向村庄的唯一小路，便可望见前方散落着低矮木瓦房的村庄了。

呈现在眼前的景象很美，与想象中很相似，群山环抱，山上以及山下长着许多美丽的不知名的树，深浅不一的红色、黄色；枝叶细碎婆娑，给人如烟似画之感。但我们顾不得停下欣赏，只盼望快点抵达客栈，因为我们每个人都实在太疲乏了。

这是一间完全木头构造的客栈，住宿楼是一栋三层的小楼，对面是一间较大的简陋的厨房。院子里有一口带压水泵的井。我与唐唐拍去身上厚厚的尘土，用井水洗了洗手，拿上自己的背包往楼梯口走。格布对我们说，男的住305房，女的住308房，一会就下来吃晚饭。我与唐唐从木质的楼梯爬上三楼，进了房间。房间比较大，里面摆放了5张床。我选择了里面靠边的床，半倚半躺地坐在了床上。唐唐选了临近的中间的床，坐在床边，整理起背包内的东西，她将东西全倒出来，又一件件塞回去。整理好了，她说下去吃饭吧。我说你先下去，我太累了，想歇一会。唐唐说那好吧，别太晚了。

房间内只有一盏昏黄的白炽灯，暗沉沉的，像是一下回到了上世纪80年代的乡村。浑身又累又冷，我感到自己确实需要休息一下，把叠好的被子铺开，索性钻进了被子里，暖暖地躺了20来分钟，起床，感觉好了许多。梳头，用湿巾擦脸，补淡妆，然后将一顶银灰色毛线帽戴到头上，下楼，进厨房，饭菜已经上桌。

我在预留的空位子坐下来，仍是在男孩的正对面——基本每回吃饭，我与他都这样正对面而坐。桌子很小，是长条形桌，宽不过一米，因而这一次我与他离得很近。我无法说清究竟是心境的缘故，还是这里的空气稀薄，又太纯净，厨房内吊着几盏与客房相同的白炽灯（靠小柴油机发电，很昏暗），然而我感到眼底的一切是那么幽明，又那么清晰，好像视力在正常的基础上又莫名地提高了零点几度。寒冷使人的肌肤更加紧致，轮廓更加凸显，我清晰地看着眼前的男孩。他正挺胸而坐，像个乖巧的孩子那样，安静地等待着饭局的开始。他是那么美。我不得不再次这样诉说。他的眉宇、鼻梁、嘴唇、下巴，那两颊的弧线，那样清晰，又那样美好。究竟有什么藏在他晶莹的浅麦色肌肤背后，像一个个跳跃着的光晕，难道是更加美好的灵魂么？他无疑会长成一个独具魅力的男性，只是现在他还没有完全长成，他看起来也是那样无知，对自己的美浑然不觉；然而正是这样的美，对我充满了不可抵御的魔力。

我低头，倒吸口气，定了定神，伸手去掭面前的酒杯。对面的少年猛然大叫了起来，他大喊着说："嗨，那是酒！！"

嗬，他怎么可以突然这么大声？几乎吓我一跳，他怎么对自己的美真的就这么不知不觉？懵里懵懂？！

"就是青稞酒吗？"我也提高了声音。

"没错，就是青稞酒，他们自己家酿的，这里拿了好大一堆。"他高兴地侧身指着自己的凳子底下，笑容烂漫迷人……好吧，没有条文规定不准他笑。

但我没有放下杯子，反倒是端了起来，送到嘴边品尝了一口。有白酒的味道，但比白酒好喝得多，兼有饮料的清甜。听说这种酒并不简单，但我知道自己今晚必定会喝上一些，我已然对一切都失去了抗拒力。

晚餐的气氛非常热闹，偌大的厨房内除了我们这一桌，还有人数更多的另一桌，也都是颇年轻的游客，有 10 多人。客栈的主人，也都是藏民。男主人叫阿里加菜，年纪在三四十岁之间，尽管不太会说汉语（需要格布翻译），却很喜欢唱华语歌，跑音，调还是比较准的。他一边烧着开水，一边手拿柴火或其他厨房什物，拉开喉咙就唱，每唱几句，两桌的游客就都一阵喝彩。阿里加菜逐渐觉得就他一人唱不公平，要求游客来对唱。于是果真有人站起来与他对唱。阿里加菜扬言一人能战败两桌人，游客们自然不服气，团结起来，誓要推翻他的"壮志豪言"。阿里加菜唱不出了华语歌，就索性唱起了藏语歌。他唱藏语歌比唱华语歌更加动听，声音浑厚，旋律很欢快。

整个晚餐维持在欢歌笑语中。我不时看着对面触手可及的男孩，不时抿上一口青稞酒，有时是大家伙一起干杯，而更多仅仅出于自己想喝。我把杯子里的酒当饮料一样慢慢地自饮。我的头已经有点沉了，但男孩依然清晰地呈现在我的视网膜上。他是那样快乐，笑容呈现在我的眼底，笑声萦绕在我的耳畔，像个侍酒郎一般，不时地起身，乖巧地殷勤地为每个空杯子填酒——他每次只为我添半杯（杯子并不大，普通的白酒杯），从不添更多。嗬，他多像侍酒神伽倪墨得斯，那个原本凡身的美少年，只因为生得太美，被宙斯带到天庭，成为侍酒神。

现在，他就是那个少年，那个伽倪墨得斯，凭借年少与美貌，给所有在场饮酒作乐的人带来无尽欢愉。

"小寓，你怎么总一个人偷偷在喝酒？"张志弢站起来，指着我，他原本很白的脸因为喝酒涨得通红。他拿起我的杯子看了看，又放回原处，潇洒地说，"让哥陪你喝怎么样？"

好吧，就让他当一回哥。"怎么个陪法？"我问。

"一比二，你喝一杯，我就喝二杯。"张志弢利索地说。

"好啊。"我满口答应，也不讨价还价。

见男孩有些迟疑，张志弢索性夺过了酒罐子，亲自为我满上，又给自己满上，顺手拿过唐唐的杯子，放到自己面前，再满上；一身豪爽又干脆的劲儿。

"一次喝完怎么样？"

"那你呢？"

"你喝完，我两杯一起喝完。"

"当真？"

"当然当真。"

"哇哦——"男孩发出这样的一声惊叹，加入到看热闹当中。

当一整杯下肚，我不得不用手臂支撑额头。

"你这就不行了？"张志弢揶揄。

"谁说我不行了？"我嘴硬。

"那好，再来，再来。"张志弢不肯轻饶，主动将比例提高到一比三。有人击掌助兴，而我也不甘示弱。我这个显然不能喝的人，却硬摆出要一拼到底的架势——我想自己这样的表现，一定令所有认为我斯斯文文的人大为汗颜；但我已无所顾忌。因为——我——并不怕醉，应该说，我从来就没有怕醉过，哦，不，准确地说，其实我是很想醉，很想很想醉一场。一直以来，我就渴望自己能醉一场，起码有10年的时间，我都盼望自己醉一场。在这10年的时间里，我曾几次三番私下买酒，藏在抽屉里或者柜子里，我总想私下把自己弄醉一次；只可悲，一次也没有真正去做过。我买酒，藏起来，又当垃圾倒掉……我想自己多么需要醉一场。实在太需要醉一场。我把自己的人生过得太沉重太悲情了，我曾是那么无知，漠视生命，漠视幸福与美好，如今我孜孜以求着这一切……现在，这一切就在我的面前，离我这么近，又这么远……这么美好，又这么虚无……我想自己多么需要醉一场，来将过去的一切抛开。一个人不该一生也醉不了一次，一次也醉不了的人生难道不是太残缺吗……我几乎是真的要醉了。当我走出厨房的时候，我很想很想跟大家伙一起看星星。漫天漫天的繁星。我仿佛是身在一个只有星星、夜晚、静寂、太阳（白炽灯？）和月亮的世界里。太阳与月亮在幽深的黑夜里相逢，两者都焕发着明晃晃的光……我多想成为那轮月亮，温温静静地发光……我的心中有个愿望，一个太阳般的心愿。我的心中其实一直住着一个太阳，一个被忽视了的太阳，一个秘密的、开放着无数花朵的、很美很美的花园……现在一切都是那么寂静，那么幽美。好多好多的星，就像好多好多人的梦……有人扶住了我，说我喝醉了。可我知道自己并没有完全醉。我挣脱扶住我的人，小跑几步，手撑着碎石堆，在一片寒冷的漆黑中呕吐起来……

第七章

在你降临世上的那一天
太阳接受了行星的问候
你随即就永恒遵循着
让你出世的法则茁壮成长
你必然就是你，你无法逃脱自己
女巫斯贝尔和先知已经这样说过
时间、力量都不能打碎
那即成的、已成活的形体

———歌德

　　孩子，昨晚我喝了过多的酒，大概有 10 杯，我记不太清了。我记不清后来发生的事。在窸窸窣窣的声响中醒来，我头疼欲裂。或许我不该在旅途中喝这么多的酒，这必将影响到接下去的游玩，但后悔已经来不及了。唐唐说我昨晚说了梦话，但听不清，只听出我大声地说了两声"等等我"，我也完全记不起昨夜所做的梦。几分钟后，头疼缓和了些，但依旧浑身无力，胸口恶心难受。我不知道今天还能不能按行程出去游玩。陈娟与唐唐都已洗漱好了，唐唐又在整理东西，陈娟走了出去。我很勉强地起了床，拿着洗漱用品，准备下楼去洗漱。一出房间，就又看见了男孩，他正独自安静地坐在走廊边，305 客房的门口一张低矮的木板凳上，弯着腰，双腿屈起，一只手肘撑着大腿，手托着下巴，像是在专注地体会这别样的世外桃源的清晨。我在这一刻又油然闻到了美好芬芳的味道，身体的不适似乎一下减轻了来。男孩见到我，站起了身，关心地询问了两句，又问我今天的冰湖还能不能去。我的回答是还没有决定。

　　是啊，仍旧是多么美好的清晨，多么美好的一天。我端着洗漱用品来到了井边。在水泵下有一个塑料水桶，桶内盛着半桶干净透澈的井水，当我拿漱口杯往桶内舀水时，客栈的女主人——一个三四十岁很淳朴的女藏民，提了一壶开水走过来，用夹生的汉语说，井水太冷了。我明白她的意思，于是将满杯子的水倒去了半杯。女人拧开瓶盖，很小心地往我的杯子里注满了热水，并将水壶放在了井边，提醒我洗脸时也要掺上这壶里的水。我感激地道了声谢。女人回过头说，不客气。

端着漱口杯来到边角处刷牙，右边的底下就是马厩，不过是空的，没见到马或骡子，旁边还有一小块空地，周围有树枝编制的篱笆，里面圈着几只土鸡。我一边刷牙，一边抬头瞭望远处的山。多么静寂的山村，恍惚置身于上世纪八九十年代的家乡了，能清晰地嗅到那时候的气息。那时候的家乡同样尚未安装自来水，家家户户靠水泵吸井水，井水很冰凉，基本天天都需要烧热水来掺；此刻想来，那时候掺进去的不仅仅是热水，而更是抵御冰凉的温度；然而身在都市后，我却习惯了一年四季直接用冷水刷牙、洗脸，包括很冷的冬天。没有人会为我提来热水壶，而且我也认为没有那个必要——我是如此适应没有温度的温度，不仅是水，还连同都市人们的表情与内心。

掐指一算，我在南方的一线城市已生活14年，并早早拥有城市的户口。我想起曾在外打工一年、之后就一直待在家乡的大姐所说的话。她说某天清晨，她从家里去一个地方，穿过一片树林，她一个人在林间走着，朝阳冉冉升起，她觉得清晨真是很美，美极了，那种感觉太好了。她说野外的油菜花开得好漂亮，我们去照相吧。她肯定地说，即使城市里有再多好看的花，她也觉得不会比家乡的梨树花更好看。她说她真搞不明白，为什么要一个个跑到城里去，房价那么高，工作那么累，何苦去遭那么多罪。

是啊，孩子，我也突然不知道了是为什么，我们刻苦地分秒必争地学习了一大堆如今早已被遗忘的东西，侥幸闯过高考的独木桥，学着我们并不热衷的专业；我们进入社会，跌身都市的浪潮，在狭仄的空间以及强大的压迫下，忍受着孤寂、规则、迷茫、无助，繁重的压力，乃至疾病的痛苦与绝望；当我们终于暂时从都市逃逸出来，来到这与原点相似的地方，却发现令我们的心感到如此安适的，居然就正是这样的地方，与最初的原点如此相近的地方。我们兜兜转转寻找的，其实一直留在原地，等待我们发现。

我是不是扯得太远了？我得承认除了相似外，这里比我的家乡更美，更加恬静与古朴；它们还有一个更大的不同点，那就是，在我的家乡，我将永远不可能邂逅到这个男孩。此刻，我不会像电影《廊桥遗梦》中的男主角那样去说：我这一生所作所为，都是要领我朝你而来。可是，我还是要说，如果让我经历这么多，经历漫长的悲观，经历巨大的挫折与等待与醒悟，最终让这样一个我，遇见这样一个他，无论如何，都可谓上天莫大的怜悯与补偿。

我该继续给你讲述今天的事，对吗？啊，孩子，你是否正蜷身在一个安静明媚的角落，闭着眼睛静静地聆听，偶尔睁开一下，也只是为了确认我的存在？你是否已经对我的这趟旅游，对这个"生命模特"产生了浓厚的兴趣？你是否也对他有了好感，甚至喜欢上了他？你开始渴望知道他更多的信息，因为他来到这个世间至少要比你早14年？15年前，他也曾与你一样处于虚无，如果你也诞生于这人间，你将与他一样，从虚无，或者说从一个卵子，（它早已存在于我的体内，但还不属于生命）到一个受精卵，到一个胎儿，到一名婴孩，一名儿童，一名少年，最后长成拥有独立人格、思想以及完整公民权的自己。我多想详尽地对你阐述这个过程——一个神奇无比的过程，将你从虚无带向生命的过程；但也许，此刻你并不想听，因为你还没有做好充分的准备？！你对这个世间的了解还不足够，对吗？那么，就让我来继续讲述吧。今天，如你所愿，我将告诉你更多关于男孩的信息，你将知道，他不仅仅独具外表，他还有一个美好而独立的灵魂，唯有灵与肉一起，才能算是生命。今天，正可谓因祸得福，因为醉酒，我得以与男孩共度一天。我们坐在村外幽美的山谷林子里聊天，一切如诗如画，如梦似幻，这将是我人生中可以无数次回味的最甜美时光。

今天，直到出发，我都没有下定决心是去或是不去，勉强吃下小半碗青稞面，试探性地跟着大伙儿一道出发。勉强吃下的食物令我恶心加重，加上浑身乏力，从一开始我就表现出力不从心。大家纷纷停了脚步，一致认为我的脸色不太好，以我这样的状态，不可能完成来回24公里的山路，不如早点回去休息。我于是决定放弃。此时，离出发不到半小时，刚上山不久。我与他们告别，一个人往回走。让我没有想到的是，几分钟后，当我刚走下山时，男孩小跑着追了上来。他说他也不想去了，过来陪我回去。这再一次证明了男孩对我的亲切感，那犹如你一般亲切、甜柔、略带着羞涩的目光，不仅来自那双犹如你一样清澈无邪的眼睛，还来自于他清泉一样的内心。他将我的背包要了过去，挎到肩上，腾出双手来搀扶我。

　　呵，孩子，这是怎么忽如其来的幸福。我们终于脱离团队，有了仅属于我们的美好时光。这时光由我的醉酒引发，由男孩回头得以实现。这对他甚至还需要些勇气。他双手小心翼翼地搀扶着我的手臂，似乎将我看成一个需要照顾的病人。我由着他搀扶。有一阵我们都没有说话，像是在专心专意地走路。我无限渴望地抬起了头，去看男孩。这是第一次，我紧贴地自下而上地去看男孩，才知道从这样的角度，他脸上的线条究竟有多美，几乎超出了我所能想象的程度。在此之前，我或许还一直很自私地把他视为一个孩子，因为完美地符合我的想象，因而扣动我的心弦。然而，此刻，我才知道，且不得不承认，原来男孩容貌本身就是如此之美，他自额头至下颚完美分庭的曲线，使他像最完美的雕像一般，蕴藏着人类视觉所无法抗拒的美感。

　　"我们要不要在这里休息一下？"走在山谷林地小径的时候，男孩提议。

　　"好啊。"我回应。男孩松开了我。我一下轻松了些，张望了望，走向了不远处的一堆岩石丛，挑了块岩石坐下休息。

　　男孩依然在张望。"这里真美，跟我想象中几乎一模一样。"

　　"你曾经想象过这儿吗？"我笑着问。

　　"其实没有，我是梦到过这儿。"男孩故意更加夸张地说。

　　"那你要不要在你梦到过的地方拍点照片？"我仍笑着说，已见惯他随时随地拍摄的癖好。

"好啊，那你在这里休息下，等我回来。"男孩说，从脖子上取下相机，端在手里走开了去。

我弯下腰，用手支着下巴，视线跟随男孩的背影。他的步伐，他走动的或停下的身姿，他的任一微小动作，似乎都像磁铁一样具有吸引力；不仅让我的双目大饱眼福，同时五脏也仿佛收获良多，舒适而充盈，这大概便是"秀色可餐"的意思。有一阵，男孩围着一棵树转，很认真地选择角度，之后他蹲了下去，仍在不断调试。我一直看着，直到他拍完站起身，我才意识到自己走神太久。我移开视线，环顾了下四周，想到自己是不是太过于把焦点集中在他一人身上，我为什么不能把心稍微分散到其他的一些事物上，比如蓝天、白云，周围如此婆娑而优美的红的黄的树（原谅我叫不出这些树的名字）。我蜷起身子，埋下头、闭上眼睛去小憩了一会。但当我抬起头时，我仍然还是去找寻男孩，去定定地望着他，即使在我闭上眼睛小憩的时候，我眼前也仍都是他的影子。是的，孩子，我把这趟旅游的几乎全部注意力都花在了男孩一人身上，并享受由他所带来的绵延不绝的愉悦感，可是，你知道吗？一个人要遇上如此符合自己心灵需求的人并不容易，而要在合适的时间合适的地点遇见，就更是希望渺茫，一生中恐怕也不会再有下次。我或是此时此刻太过贪婪，但人生总体注定太平淡，我用足了30多年的时光，才头一次拥有这种不同寻常的体验。当听到这些话时，你是否更能理解我现在这样全心全意的贪婪呢？我对你说过，人生中存在为数不多的、突如其来、却又美妙绝伦的体验，能证明生命胜过虚无。现在的我，可以说就正沉浸于这样的体验当中，无可自拔，分秒必争。

男孩走了回来，乘我没注意，将相机对准我"啪啪"地连拍了两张，坏笑的样子，一个缩身，在旁边的岩石坐下，低头翻看相机里的一张张照片。

我们并不急于回去，与其马上回到昏暗的客栈，还不如坐在这片世外桃源中，赏赏景，聊聊天。我隐约感到，除了亲切感外，男孩似乎还想要对我说些什么，似乎有心事想找人分享，而这也正是我所期待的。我一直想获得他更多的信息，想知道他的内心，他的梦想，有关他的一切，我其实都怀有好奇，只是一直缺少与他单独相处的机会，现在是最好的机会。也唯有知道他的更多，我才能真正了解他，触摸到他年少的内心世界，他才能够在我心中更全面，更饱满和完整，如此，我往后对他的回忆，也将更加美好和充实。但我没有主动开口，而是满怀兴致地与他一道看起了相机里的照片。他拍的照片堪称专业，远远出乎我的预料，不少照片拍摄得犹如明信片，犹如我在网上所看到的吸引我前来的风景照片。哦，孩子，摄影也是这世间的艺术之一，通过某种专业设备（相机或录像机）进行影像记录，从而将肉眼所见之美转化为不朽的美丽图像。

我一边看，一边对男孩由衷赞赏。

看完照片，男孩将相机按钮一关，扭过头，用他那特有的粗哑童音很突然地问道："我能问你个问题吗？"

"什么问题？"我略微惊诧。

"你这次为什么出来旅游？"男孩神情疑惑。

"出来旅游就一定需要原因吗？谁说的？"我反驳。

"可我觉得你有，你肯定有心事。"男孩一语断定。

"何以见得？"我说，内心倍感疑惑，自己这些天来一直心中愉悦，他又怎么看出我是有心事的呢？

"因为昨晚你想喝醉酒，你是故意想喝醉的，没错吧？"男孩颇认真地说，"所以，我觉得你应该有心事。"

"也还好吧。"我低了低头，内心既有几分触动，又有几分感动，然后维持着大人对小孩的语调说，"别说我了，说说自己吧，你为什么出来旅游？还逃课？"

男孩稍有沉默，望了望树林的远处，颦起了眉头，"其实我嘛，就是想要来确认一件事。"他一边回答，一边玩弄着手中相机套的带子。

"什么事？"我关切地问。

"就是……我想弄清楚以后该怎么办，以后我的路到底应该怎么走——如果不把这些问题想清楚，我就没办法专心上课，就算人在课堂，心也不在，还不如干脆出来算了。"

"这么说，你出来确实是有原因的？"

男孩点了点头，依然轻颦着眉头。

"那你的理想是什么呢？"我故作漫不经意地问，实则更是在循循善诱。

"我想当摄影师。"男孩回答，接着补充，"但不是那种照相馆里的摄影师，我想当纪录片的摄影师，专门拍摄那些别人拍摄不到的，人人都拍摄到的没有意思，像南北极、野生动物这些，你看过《美国国家地理》吗？里面有好多是世界领尖级的探险摄影师拍的，成为他们中的一员，这个就是我从小的梦想——"男孩停顿下来，抬头看了看未知的地方，又低下头去，仿佛接下去的话有点艰难。

"你想当探险摄影师，那然后呢？"我忍着好奇试探性地鼓励。

"也没有什么然后……"男孩说着，又迟疑了起来，陷入沉思，之后，他微微侧过身，用类似于作决定的目光看了看我，开口说，"就是——"他一边说一边抬起一只手，按了按头部，"在暑假的时候，我这里——就头部这里做了个手术……不知道怎么回事……刚中考完，连续几天头晕头疼，就去医院检查了，发现脑袋里都是血，然后就做了个手术，在医院住院了一个月。"

"怎么回事？怎么会脑袋里都是血？"我大为惊骇。

"也没什么大事，就是脑血管畸形。"男孩用轻松的语调说，"是天生的；医生说还好，畸形血管的位置还比较浅，没长在关键位置，做过手术就好了。我也上网查过，虽然是治好了，但还是存在复发的风险，医生也是这么说的，一旦复发，就又得做手术——不过，复发的可能性也不大，也有不复发的。"

"那，你——"我一时不知道该说些什么。

"我倒觉得没事——我自己一点都不怕；是我妈妈，可能是医生跟她说了些什么，反正自从这个事后，对我的态度就开始变了，以前很支持我学摄影的，现在态度变得——我也说不太清，虽然没有明摆着反对吧，但……总之我觉得有点怪。我知道她不会公然反对，她一向还是蛮尊重我的。其实她也不是要反对我走摄影这条路，就是害怕我以后从事野外探险摄影；她知道我就特喜欢这个——我就不喜欢城市，觉得特让人压抑，如果让我一辈子都待在城市里，那会让我生不如死；我就喜欢没人的地方，将来可以跟大自然在一起，去寻找那些还从来没有人看见过的事物，把它们拍下来，给人们看，我会觉得很有成就感。"

"这我倒没看出来——你这么喜欢大自然？"我微笑着说，或许在我看来，在城市里长大的这个年龄的少年应该更向往现代大都市。

"嗯，从小就喜欢，我跟我周边的人喜欢的都不一样，他们就喜欢看动漫、玩游戏，我就喜欢看《动物世界》《人类星球》《生命》这些纪录片，我觉得这些真实的东西被拍得特别美，特别吸引我。"男孩说。

"你现在怕你妈妈担心，是吗？"我若有所思地问。

"嗯，算是吧。"男孩点了点头说，"还有就是，我自己也想弄清楚是不是真的就非这一个梦想不可，我想给自己找到答案。"

我一晃沉默。男孩也跟着静默。"危险"两个字弥漫在我的脑海，充斥着我的意识，让我一时间不知道说些什么。我感到自己非常能理解男孩的母亲，愿意倾其所有支持男孩的爱好与梦想，但当这种爱好与危险联系在一起，就定然是那么沉重，难以抉择，尤其当这种危险性更添了一重，要去接受与面对，无疑是件十分揪心的事。

男孩打破沉默，开始对我讲述起自己这一从小的梦想。他说自读小学开始，他就很喜欢看《动物世界》，每一期都反复观看了好几遍，那些优美的画面，不同生物不同的特性，那些被捕捉到的难以想象的瞬间，那漫无边际的和谐与残酷，都深深地打动着他幼小的心灵。他曾好奇那些远离人们视野的画面是怎样被拍摄到的，有较长一段时间，他都毋庸置疑地以为《动物世界》是中国人自己拍的，因为讲述者用的是中文；直到后来，他才知道原来所有的《动物世界》，还有他曾喜欢过的其他纪录片，全都出自外国人之手，竟然没有一部是中国人自己拍的；这曾让他感到非常不可思议，无法理解。与此同时，他知道了美国《国家地理》，知道了那些足以让人景仰的摄影师们，这些神奇的纪录片正是出自他们之手。他们不仅代表着世界最高水平，而且为此付出的漫长的艰辛，也是一般职业所无法想象的，甚至不少人付出了生命的代价。他崇尚与他们一样的人生，而有朝一日成为他们中的一员至此成为他的梦想。当得知美国《国家地理》的摄影师名单中迄今还没有一个中国人时，这种渴望就变得尤为强烈，还夹杂着热烈的使命感。他在网上发帖，询问如何能成为一名美国国家地理的摄影师。有人很详细地回答了他，此后他的这个梦想就确立并逐渐清晰了起来，他也一步步朝着这个方向努力。他觉得自己从很小就对光线与阴影有特殊的感觉，是与生俱来的，所以自信自己具备这方面的天赋，而他拍摄的照片也确实多次在青少年摄影比赛中获奖；他觉得有的获奖，自己并没有刻意付出多大的努力，而应该归功于他的感觉，他相信只要自己努力，一定能实现自己的理想。他先后订阅了《美国国家地理》《中国国家地理》《环球探索》《大众摄影与图片》等著名摄影期刊；每逢收到杂志的日子，对他来说都是无比幸福的日子；他确信找到了自己一生所要从事的事业，也唯有这样的人生对他来说才具有挑战性和吸引力。

暑假住院期间，与他同一病房的男生，与他同岁，在读初中，患的是同一种病，但因破裂的血管位置在近脑干区，男生发病后便深陷昏迷，住院治疗了近一年，毫无起色，成了植物人，瘦得只剩皮包骨。相比较而言，男孩觉得自己很幸运。每天，目睹着男生一动不动地躺在病床上，靠输液维持最后的一线生命，他会感到非常难过。躺在相邻的病床上，只要一闭上眼睛，他的眼前就会浮现出广袤无垠的大自然风光，那些他曾陶醉过的纪录片中的画面，一幕幕在他眼前上演，荒野的、海洋的、天空的，原始村庄的；动物、植物，不同种族的人物；那些变幻的色彩、奇异的光影；恍惚自己就身处其中，从而让他遗忘了忧伤。听男生母亲说，男生从出生到现在还没有出过本市，一直嚷着要去看海，想知道海到底是怎样的；但即使现在带他去，他也看不到了。他为此替男生感到十分遗憾。他想象男生此时此刻的大脑是否也与他一样，正在无界的浩瀚的大自然中翱翔。他多希望自己能真的拍下脑海中的画面，放到男生的面前，而男生能够醒过来一次，与他一同观看、沉浸。男生家庭最终放弃治疗，在看着男生一动不动地被推床推出病房的那一刻，他悲伤难忍，躲进卫生间痛哭了一场。那时候，他强烈地觉得人应该趁活着的时候，做自己想要做的事；在能掌控自己之前，完成自己想要完成的；否则，带着至深的遗憾去面对死亡，那种感觉太可怕了，比死亡本身还要可怕。

"你能明白我这样的感受吗？就是，我觉得只有去做自己真正想做的，去追求自己的理想，那我才是我自己；否则，我就不是我，无论过得多好，多让人羡慕，我都会觉得那不是我，只是一具与我无关的躯体，就跟行尸走肉一样。我觉得我生下来就是为做这一件事的，没有它，就没有我自己，只要活着，我就不可能放弃这个梦想。"男孩在最后总结地说道。

是的，孩子，我能明白男孩的感受；因为我也曾与他一样，将文学视为生命。在那遥远而美好的连续两个午后之后，在端端正正地观看过那两部电影之后，一个虚拟的文艺的世界便深入了我的心灵；又在数年后刚升入初中的一个下午，我爬到自己的床铺底下找一支掉下去的笔，我不仅找出了那支笔，还找出了一本陌生的书——一本现代少女诗集。我至今不知道那本改变我命运的诗集怎么会出现在自己的床底下，沾满灰尘。我拍去上面的灰尘，好奇地翻开，于是从此我找到了进入心中虚拟世界的钥匙——文字。我酷爱上了它，一发不可收拾。很多年，我将文字视为生命，像男孩一样，感到失去文字便失去了自己。

我也曾苦苦追求；我毅然辞去 G 城稳定的工作，一方面是为了与骏明团聚，另一方面也与它有很大关系。但是，我终究是在不知不觉中背弃了它，因为你，因为你开始在梦中出现却又虚无。我深陷你编制的网，像惊慌失措的困兽，你无情地取代了我的一切，让所有一切都变成犹如你一样虚无，我是那么强烈地感到若你虚无，那么我所有的一切就都是空虚的，毫无意义的……

我对男孩说，我能理解他；我还冠冕堂皇地引用了一句名人的话："人不应当害怕死亡，而应该害怕未曾真正地生活。"但我没有提到你，没提到曾经被我视为生命的文字。

"那你呢？你的梦想是什么？能告诉我吗？"男孩扭头看着我问。

"我这人，好像没什么特别的梦想。"我表示为难地笑着说；而这也正是我当下真实的状态；除了你，我似乎对一切都早已视之漠然。

"我不相信你没有梦想，每个人都会有梦想，不同而已。"男孩不相信地说。

"真没什么梦想。"我表示为难。

"那你想一想嘛，你肯定有的。"男孩继续表示不信，语气里还带了点儿孩子气的撒娇，像是在恳求。

嗬，孩子，要拒绝这样一个俊美的人儿的恳求是不易的，为了满足他的好奇，我认真地想了起来，努力去搜索内心除了你之外，还残存的其他渴求。

"你真的想听吗？"我扭着头说。

"当然，这样才公平，我都告诉你了，我也要听你的。"男孩说，一边曲起了双腿，兴致浓厚的样子。

"那好吧。我希望有一艘轮船，一艘很大的轮船……"

"泰坦尼克号吧——"男孩嬉笑着插话。

我笑了笑，威胁说如果再打断，我就不说了。男孩赶紧催促着继续继续。我便继续道："正在茫茫的大海上行驶，它将在海上航行一个月左右，而我就身在那艘船上。"

"这就完了？"

"嗯，完了。"我卖了个关子，又接着道，"其实还没完啦，我希望那是在太平洋上，或者大西洋上也行，总之无边无际，我就坐在那船上，每天看日出，看日落，看海水，然后发呆，思考。摆脱周围的一切，独立地思考，不要受知识、经验、世俗种种的干扰和影响，把所有的迷惘都想得清楚明白，最好能把前世今生都仔细地想一遍，直到对人生不再有任何迷茫，然后，我重回陆地，开始全新的生活。"

男孩认真地听完，点着头说："我觉得我能理解你。"接着问道，"那是不是你心里有什么迷茫？"

"嗯，说不太清。"我颦了颦眉头。

"你不说就算了，反正我也知道我帮不上你，那我就祝你早日实现这个梦想。"男孩说。

"谢谢。"我笑了说。

"总有一天我们都会实现自己的梦想的。"男孩乐观又自信地补充。

我感到尽管我与男孩相差 17 岁，却是如此平等与默契。忘年的亲切感在我们之间那么自然而然地存在着。这突如其来的有关疾病的坏消息，非但没有降低我对男孩的爱，而是将它进一步加深，推向无以复加的程度。尽管我最终都在忐忑不安于"危险"两个字，而没有明确对男孩的支持，但毫无疑问，男孩能感受到我对他的理解及认同。或许，我们一直都在默默地试图靠近对方，正是源于这同一特质的吸引。因了这份特质，我们的聊天是那么温馨、融洽、惬意，话题从梦想转到童年，再转到看过的听过的琐琐碎碎的事。无论多么细小的事，都变得生动、饶有情趣。四周是那样宁静，人犹如在画中。我的不舒适感早已在不知不觉中退去。朝阳照着遍野的落叶，满目都是美丽的多彩的秋色。那些摩挲的枝叶，交错的树根，构造着多么美的深秋的风景。我需要一次次抬头环望，才能确认这样犹如幻梦的情景，正在现实地发生，我与男孩——一个梦幻般绝美的少年，正坐在这如诗如画的山谷树林里悠闲谈笑，我感到整个空间惚恍都被一种奇异的诗化般的氛围包裹着，令我们久久不舍离开。在一棵橙黄的树下，出现了一只黑色的牛，稍远处，又有一个小黑影在缓慢移动，一切美好而安详。

　　在大约三小时之后，我们站了起来，决定回客栈。金黄的落叶上呈现我们两道深色的身影。我再一次环顾四周，看着摩挲的树木，聆听清脆的鸟鸣，一边离开一边向男孩发问："假如有三种选择，1. 做一棵几乎没有知觉的树；2. 做一只没有痛苦、每天都能够欢快地唱歌的小鸟；3.做一个有思想、同时有痛苦也有快乐的人，你会选择哪一个？"

"第三个，有思想有痛苦也有快乐的人。"男孩不假思索地答道。

"我知道你会选第三个。"

"那你呢？应该也是吧。没有痛苦，又怎么会有持续的快乐呢？那样的快乐也不是真正的快乐吧？"男孩边走边说。

"嗯，说的也是。几米曾说：我总是在最深的绝望里，看见最美的风景。"我说。

"贝多芬曾说：惟其痛苦，才有欢乐。"男孩紧跟了一句。

"惟其痛苦，才有欢乐。"我在心里重复了一遍。

回到客栈时，所有游客皆已外出，整个院子显得空落落的，只有阿里加菜一人正在厨房内忙碌，我们在门外与他打了打招呼，爬木梯上楼。到305房门口，男孩边掏钥匙边问我要不要进他房间坐坐。我迟疑了下，最后选择了作罢，建议各自睡上一觉。男孩点头说好。我们各自进了自己的客房。我很快躺进被褥，侧身蜷缩，感到温暖而舒适。

我居然又做梦了，孩子，而且，我记住了刚才的梦。我梦到了两个小孩，一个小男孩，一个小女孩，都只有六七岁，两小无猜，在很宁静的大自然怀抱，面对面坐在一块，一块儿玩着地上的小石子或其他什么东西。梦中的小女孩是你，而小男孩，似乎就是男孩小的时候，又似乎是梦中少年的另一变身；或者两者兼而有之。你与小男孩一起抬起了头，注视着梦境之外的我，你们的眼睛与"我"的眼睛对视，愉悦又充满好奇，带着孩子气的甜柔的笑意，你们久久地静静地注视着我，目光是那样甜柔温谧，又童真亲善，而我，也同样无声地甜柔亲善地迎接着你们的目光。孩子，我再一次看清了你的笑脸，像以往的梦境那样，依然是那么美那么无邪的小女孩的笑脸。

12 点起床，肚子几分饿。此时张志彀已经回来了。他大声告知他已经尽力了，能爬到一半他对自己就已经相当满意，他是顺着驴粪一路走出来的。我们三人一起到厨房吃午餐，阿里加菜为我们炒了三道小菜。我吃得不多，胃口依然不好；男孩与张志彀饭量都不小，各吃了三大碗。吃过饭，三人一起进到我的客房，张志彀提议打扑克。于是我们盘坐在床上有说有笑地打起了斗地主。打到约三点钟，张志彀想要睡觉，且要留在我的房间里睡。他嚷嚷着说，他的房间太小了，三个大男人挤着特憋屈，而我的房间是五人房，宽大，睡着舒服。一边说，一边就自各挑了张无人睡过的床，也未脱衣服，直接倒头睡了进去。男孩索性也任性起来，说那他也要在这里睡。他选了另一张无人睡过的靠门口的床。

他们——两个因开心、熟稔而撒野起来的男孩——都无声地睡在我的客房，而我睡意全无。男孩就躺在我的脚下。我侧着身探起头，用手臂支撑脑袋去看男孩，他的头对着墙，被子直盖到了脖子处，我基本无法看到他的脸。依然无法入睡，而且身体也像是难以放松，我决定起床去村庄转转。蹑手蹑脚地下了床，来到门边，将虚掩的门轻轻拉开了些许，让光透进来，我并不急于出去，而是那样想来看看男孩睡觉的模样。他像是已经睡着了，张志戣也像是睡着了，发出不大的呼噜声。男孩却很安静，基本没有声音。他仰天正躺，睫毛密且长，比我以为的还要长很多，嘴唇轻合，整个脸上呈现十分恬适的表情。没错，他睡觉的模样依然是个孩子，他只是从一个小男孩长成了一个大男孩罢了。我提心吊胆而又一动不动地看着正睡觉的男孩。我想他的母亲该有多么欢喜，又有多少隐忧。她一定无数次这样地注视他，帮他盖被子，看着他一天天长大，而现在，他终于长成这样一个近乎完美的男孩，而且还将继续成长，长成完全独立的他自己。此刻，我多想扮演一回他的母亲，我所想到的不是替男孩盖被子，而是渴望去抚摸一下他的额头。我想除了帮忙盖好被子外，一个母亲通常还做的就是去抚摸一下孩子的额头，试探他的体温，同时也传递自己的爱意。我多想触摸一下男孩的额头，在他入睡而浑然不知的时候，以此来传达我对他深刻的爱意。但我最终未敢做出那样胆大的举措，楼下的一声公鸡啼鸣将我猛然惊醒，我局促而仓皇地闪身出去，将门虚掩上。

我在村庄里转悠。村庄很小，仅有十几二十来户人家，泥土路上到处可见牲畜的粪便，房子大多低矮而陈旧。我还发现了两个较大的马圈，里面的马脖子上都挂着铃铛，不停地发出清脆悦耳的铃铛声。大致转了转，我仍又沿着通往村外的那条唯一的路，来到村外的那一片山谷林，一个人感受眼前如诗如画的美景。是的，这样的风景将永远驻留在这里，等待人来欣赏，可惜到此的人注定只能来去匆匆。

临近傍晚，其他的人（包括其他队伍的人）陆续从冰湖回来，整个客栈重新热闹起来。晚餐吃的是鸡煲，陈娟对两兄弟可谓大献殷勤，不时挑选鸡块放到俩人碗中，不停地要求他们多吃一点；不过，对我倒也未再表现出敌意，反倒有点讪讪的，甚至还主动跟我说话，像是在讨好、求和的模样。我对她便也尽量柔和了起来，虽然还算不上热情。我很想学她那样，用勺子挑选鸡块给男孩吃，让男孩吃到我亲手舀的菜，但终究是做不出实际的举动。

夜晚，天空飘起了雪花，原本打算观星星的计划泡汤。我仍是不好意思去男孩们的房间，只好呆在自己的客房。陈娟与唐唐又一起去了男孩们的房间。他们五人一起过来了一次，当时我正半坐在床上，见到男孩进来我很欣喜，而男孩也在我的床边坐了下来，与我简短地聊着天。他说你这么早就睡觉。我说现在外面也出不去，只能睡觉。男孩说，那倒是，外面好黑，在下雪，下好大的雪，接着问我要不要起来看看。我说起床太冷了。男孩说，是啊，好冷，不过他还是很喜欢下雪……没呆多久，陈娟要求回去男孩们的房间，他们便又一起离开了。（在他们一群人中，陈娟始终保持着老大般的强势的姿态）男孩临走时邀请我去他们房间玩，我表示不去了，男孩没有勉强，跟着他们一道儿离去。我躺下来睡觉。大概过了半个多小时，唐唐一人先回来了，说兄弟俩正在吵架。我吃了一惊，问为什么会吵架。唐唐说，樊磊让樊颢明天不去神瀑了，樊颢不肯，一定要去，可樊磊就是不同意。我问，樊磊为什么不让樊颢去？唐唐说，因为樊颢无意中说了一句昨天爬山时，有点头昏。樊磊就抓着这句话，不让樊颢明天去神瀑。樊颢说今天的冰湖没有去，明天的神瀑又不去，那他不是白来了；还说不要他哥管，他都这么大的人了，他自己会管自己。他哥说他不管谁管，谁让他是他哥，他答应了婶子要照顾好他。樊颢说他没事，就是偶尔轻微的高原反应，根本没事。但樊磊不知道为什么就是不相信樊颢。两兄弟就为这件事在吵。我犹豫着要不要过去看一看，劝一劝架。唐唐说，应该已经吵完了。我便又放弃了，暗地也不禁为男孩有些担心。

陈娟在 10 点钟之前回来了——她一般不会这么早回，唐唐起床去开门。陈娟像是受过委屈，唐唐安慰并询问着。似乎是樊磊说了些陈娟不爱听的话，让陈娟颇有几分受伤。我用被子蒙住头，感觉更加暖和了些；而屋外，正从天而降地飘着雪花。

第八章

生活，无论是什么样的，都是一种至高无上的幸福。如果我们说生活就是苦难，这只是与想象中的另一种更好的生活相比较而言，然而其实我们并不知道还有什么别的更好的生活，也不可能知道。因此，无论生活是什么样的，它都是一种我们所能获得的至高之福。

——列夫·托尔斯泰

昨晚的雪想必下了整整一夜，当我们从睡眠中醒来，雪已经停了，迎接我们的是一个犹如天堂般洁白的世界。我几乎迫不及待地要来告诉你今天我所见到的美景，让人叹为观止的雪景。从上雨崩到下雨崩，再到神瀑，一路上连绵不绝的美丽雪景，让人恍惚置身仙境。

今天，樊磊、张志戣、陈娟都没有前往神瀑，而是直接从雨崩返回西当温泉；一来不想太累，二来对神瀑的兴趣不大。男孩不顾樊磊和陈娟反对，执意地参加了；而我，在醉酒还没有完全恢复的情况下，之所以要坚持这趟行程，是因为，孩子，因为人们都说神瀑是一个能获得神灵护佑的地方，据说，当神瀑顶上的水珠飘洒而下，沾到你身上的时候，就是神灵在赐福于你。孩子，因为你，我愿意相信这个传说。似乎每一个靠近神的地方，就是靠近你的地方。这就是我不顾醉酒后遗症而坚持前往的初衷。我完全没想到会有一路引人入胜的美景在等待自己。多么神奇而美丽的雪景，就像整个地球都披上了洁白的婚纱，正举办一场声势浩大的、美轮美奂的集体婚礼。那些高大的树木，那些低矮的灌木，枯萎的秋草，凌乱的枝桠，堆积的枯叶，造化分给它们每人一件美丽洁白的衣裳，它们个个精装巧扮，盛装出席；褐色的地面也被铺上了云层一样的白地毯；一切都被装扮成天堂的模样。我从未见过这样美丽的雪景，而且从雨崩直到神瀑山脚，路途都很平坦，走起来相当轻松，在兴冲冲地跟着游人们前进时，我总禁不住停下脚步，四顾苍茫，为周围如此美轮美奂的雪景惊叹不已。多么辽阔的满山遍野的雪景，与湛蓝的天空、缥缈的云，还有灿烂的阳光，绵延的山峰曲线，一同构造出一幅幅精彩绝伦的雪域风情。仿佛造化在向我证明，我之前远远低估了它的力量，它所能创造的美，不是我一个普通的凡人所能估量的。普通的凡人不该去估量造化所能创造的美的极限，而只应该在造化像神奇的魔术师一样将绝伦的美呈现于你眼前时，睁大眼睛尽情去欣赏；或者像男孩那样，用摄影器材，并通过艺术的方式，使这份美在人间永久驻留。

孩子，我想说明的是，这样的美景已不仅仅停留在视野里，它已然穿越眼睛，进入心灵，带给我们由衷的愉悦感，就像男孩带给我一样的愉悦感。即使这一天男孩不来，仅凭如此的风景也能使我产生无限美好而愉悦的感觉。在视角绝美的一处山谷，造化创造的自然之美甚至超越了男孩的美，以它的纯白、苍茫与圣洁，或者说以它的博大又精湛，将男孩容纳其中，使他成为它的一小部分。在那样的场景中，路过的游人全都慢了下来，驻足惊叹，举着相机贪婪地拍摄。那屹立在天地之间、银装素裹着的高大乔木，是那样风姿绰约；那像收起的雨伞般的一棵棵松柏，笔立在厚重的白雪中，是那样恬静又肃穆；就在我们经过不久的路口，天上的白云与脚下的雪地烟雾迷蒙地连成一片，仿佛我们刚刚确实是从天堂里步行出来。

呵，孩子，这还是我第一次详细认真地向你描述大自然风景。即使是昨天雨崩村外那么优美的山林，我也几乎没作什么描述，仅说了些"如诗如画"之类的话。我感到遗憾。这个世间其实有着太多美丽非凡的景色，太多美的事物，正因为太多，令我们的视觉已近麻木，心灵渐次迟钝。比如我们会在第一次见到它时感到美丽非凡，第二次见到时，会认为还不错，挺美；而第三次见到时，就会觉得还行吧，不过如此，到第四次，也许就不太想再见到了，即使见到了，也只会视之平常。正如唐唐就不觉得今天的雪景有多么神奇，不过就还不错罢了；因为她是北方人，见过太多的雪景，就像我见过太多四季常青的花花草草一样。我们的视觉因为"见过太多"而麻木；我们的心灵也早已不像孩提时期那样有着对美敏锐的触觉。可是，现在，我必须告诉你，这世间有太多太多美的景与物，比如成千万种类的树木、花草，比如永远在变幻着的天空，甚至城市的建筑，如繁星一样的万盏灯火，咆哮的河流，幽静的村落，刹那的烟花，亘古的遗迹，还有一切艺术品，它们无不以美的方式存在，更不要说那些常人难以领略而男孩渴望去发掘的、隐藏在广袤无垠的大自然中的美了；那些奇幻磅礴之美，必更胜却人间无数。

记得很小的时候，我曾养过一盆太阳花，那在现在看来是多么不起眼的小东西，但我清楚地记得，我曾很仔细很仔细地观看过它们，那非常小的像针一样的叶儿，其实是那么圆润、丰满；只要仔细看，就能发觉它的美，连同它温润的情感。小小的太阳花苗曾让我觉得那样美丽。我每日为它们拔草、浇水，盼着它们开花，到它们真的开出五颜六色的花朵儿的时候，我觉得它们简直美极了。那时候我还没见过这么多的花种，每看到一种花（包括野花）都会发觉它们的美丽；而它们确实都是很美的，每一瓣花瓣，每一星花蕊，都仿佛大自然精妙的杰作，姹紫嫣红地装扮着世界的每个角落。少女时代的一段时期，我曾热衷观望天空，浮云常像薄纱一样飘扬在蓝空，那么白，那么柔，让人几乎想伸手取下来，围到脖子上；云朵总是会变幻形状，一会儿像马，一会像羊，一会像一家三口，一会儿又可能像人的脸，到最后你再也看不出它像什么了，因为它就快要散了。黄昏的天空最美，那些燃烧着的云霞，仿佛燃烧着的无尽诗意。我在少女时代曾热衷写诗，应该说与酷爱仰望天空不无关系。

孩子，我是否已说得多了，也许点到为止便可，是不？没有语言能穷尽美，如果你来到这个世间，那么我希望你像小时候的我，像男孩一样，是个对美敏锐的孩子。

除此之外，我还将对你说说我的感悟，今天大自然所带给我的启迪。

同样因为下了整夜雪的缘故，在得以欣赏美景的同时，却给登山带来很大困难。我们——我、男孩、格布还有唐唐四人到达山脚，开始登山时，已接近 11 点，是比较晚到的游人。由于积雪被前面的人踩踏后结成冰，很多路段的路面都变得很滑。许多游客爬到半途，就放弃了，下山往回走，并奉劝我们也早点放弃，赶紧回头；理由无非都是路面太滑、下山危险之类的。瞧他们下山时胆战心惊的姿势，就可见一斑了：要不蹲着，一步步小心翼翼地往下挪移，要不干脆坐到地上，手脚并用地往下滑，可谓人人皆狼狈。我对爬雪山毫无经验，心里跟着直打退堂鼓，担心上去之后下不来该怎么办。越往上走，路越陡峭。男孩教了我爬雪山的姿势：双脚呈内八字，脚尖用力。我按他说的做，发现确实要稳些。但我仍不断在担心下山的事，爬得越高，意味着爬下来的路程越多，目睹返程的人，每一小段路都进行得这么艰难，让我预先替自己捏了一把汗。因为始终怀有这份担忧，我的内心一直处于摇摆不定的状态。

孩子，我得承认我不是个意志坚强的人，遇到真正挑战的时候，内心就会打退堂鼓。陡峭而狭仄的冰雪路，临界着白茫茫的万丈深渊，这使我总产生一种跌落下去时心惊肉跳的幻觉。也就是说，我有人们口中常说的恐高症，而又陡又滑的山路，使它变得更为严重；加上醉酒后的身虚体乏，使我几乎丧尽信心。在一处悬崖峭壁的陡坡，我放弃了走原有的小路，（是不敢走）转到旁边由厚厚的雪覆盖的平面坡下，因为平面坡能给我视觉上更多一些安全感，然而没想到的是，因为积雪太厚，脚将积雪一下就踩塌了，人也猛地随着积雪往下滑。好在慌乱中伸手抓住了一丛灌木。虽没怎么受伤，但这样的意外，令我更加沮丧，非常想要放弃。格布在我滑落的时候，不顾自身安危，连蹦带滑地快速冲了下来，一把将我从雪地抓了起来；看得出来他很紧张，但他没有流露不满，只是叮嘱我千万别再自个走没人走过的路了，会很危险。见我沮丧的样子，他主动要求跟在我的后面，这样万一我要摔倒的时候，他可以一把将我抓住。

有格布跟在身后，让我感到安全了许多；而男孩始终走在最前面探路，不时地快活地撒着谎，大声地喊着：小寓姐，加油，很快就要到了；或者喊：小寓姐，唐唐姐，加油啊，我都看到山顶了。而当我们艰难地爬到那位置时，山顶依旧不见影儿。但我摇摆不定的内心开始逐渐坚定，不无甘愿地受着男孩善意的欺骗，朝着他的方向亦步亦趋。

经过两个多小时的攀登，我们终得以来到神瀑面前。一种强烈的自我挑战成功后的快感油然而生，就像男孩兴奋地说的：这种感觉能让人上瘾。这确实是一种良好的能让人上瘾的感觉。不仅能上瘾，还会让你的心胸越来越开阔，心境越来越淡然，心房越来越坚强，让你感觉到，在被自己漠不关心的躯体下，原来隐藏着多么巨大的令人欢欣鼓舞的生命能量。

这个季节的神瀑没有瀑布，一柱擎天地屹立。半空中传来一阵巨大的冰雪崩塌的爆破声，有大小冰块自天而降般地滚落下来。格布阻止我们下去，说从那么高处掉下来的冰块可不是好玩的，万一砸到头上，就会有生命危险。但我与男孩还是先后跑了下去，男孩是为了摄影，为了完成他想要的角度，而我，孩子，毋庸置疑，是因为你。我渴望通过传说，去向你靠近，去感受哪怕一丝丝神灵存在的气息。为此，我甚至直接跑到了神瀑的正下方，格布在上面大声提醒，我置之不理，仍逗留着。不久上空仍又传来两声同样的爆破声，我抬头望去，看到几块往下掉的冰块，撞击到岩石上后，分崩离析，珠子般四溅；但这一次因为离得远，跟我无关。我往前走动，直到又一串冰雹往下滚时，我终于感觉到了一阵凉意像风一样迎面袭过，有很细微的雨丝沾湿我的脸庞。我想大概也就这样了吧。此时唐唐也跑了下来，冲我叫喊着格布快要发脾气了，要我赶紧回去。我于是跟着唐唐一起往回跑，上了坡，像做错事般地缓步到格布跟前。

格布正坐在地上，抬头笑看着我，他说你真是不该怕死的时候怕死，该怕死的时候不怕死，你知不知道，万一被砸到了头，直接就躺地上了，连喊声痛都来不及。以前就有过一个男的被砸了，五六个人把他抬出去，你是不是也想让我们抬着出去？我讪讪地笑着，不作争辩。

在离开神瀑之前，我还跟着格布一起面向神瀑行了三叩九拜的礼，心中带着虔诚的敬仰与祈望，也不管男孩与唐唐如何在旁边取笑，或许，孩子，我并非真的指望有神灵护佑，并非奢望这世间真存在一尊正关注着我的神灵，这只是我需要表达心愿的一种方式罢了。

坐在山顶吃过充当午餐的干粮，接着下山。孩子，这便是我要说的感悟：我在上山的一路都在担忧下山的事，都在畏惧下山时的无比艰难；而同样的担忧，已迫使那么多的游客选择放弃，半途折返。但事实却是，当我们下山往回走时，已是正午，路上的积雪已经全部融化，我们踩着碎石下山，下山成了十分轻而易举的事，我们只花了约半个小时就轻轻松松地到达了山脚。孩子，我想说的是，原来命运的峰回路转，常常出乎你的预料，即使你身处困境，前方却未必仍是你所担忧的荆棘丛生。或许，将人生前方的路想象得太过艰难险阻，将不过被证明是庸人的自我烦恼而已。事实却是，并不存在真正的绝望。人生，就像大自然一样，总是在千回百转中，峰回路转，柳暗花明；在你唯恐走投无路时，前方却有一片新天地在等候。当我蓦然感悟到这一点时，我感到那样心旷神怡，并且感受到在大自然中存在着一种能量，一种令希望永恒存在的力量和能量。

希望永远不会消失，只要你足够勇敢，你就会拥有新的天地。我想这便是大自然所要给予我的启迪。

返回途中，因为积雪融化，景色没有上午那种出神入化的美，变得平淡了许多；仿佛上午的美景，果真是出于造化一次独具匠心的创造；幸运的我们得以目睹赏阅。想必其他三个直接从雨崩返回西当温泉的同伴，应该也目睹到了另一番美丽的雪景吧——大自然从来都很公平公正，无心偏袒。在下山之后的路上，我还又看到了红豆杉。被积雪覆盖后的红豆饱满莹润，我仍旧禁不住偷偷摘了十来颗，替换口袋里已经萎缩了的那四颗。如有可能，我打算一直这样替换下去，因为红豆，能够象征这个世间不能用言语表达出的深挚情感。

由于时间有限，为了在天黑之前赶到西当温泉，格布建议我们都租骡子，除此之外，也确实没有其他办法；于是三人各租了一头驴子，格布没有，跟着骡夫一路疾走。这是我生平第一次骑动物，因而这种体验对我而言也是既新鲜又刺激的，啊，几乎可以说是惊险的了，这些"愚蠢"的驴子总要贴着山路的最外沿走，仿佛随时都要跌下去似的。

为什么要将它们训练成这种"德性"？没想过游客们会害怕的么？好吧，老实说，我是挺害怕的，好几次心都提到了嗓子眼这儿；当男孩还嬉闹地故意指使他的骡子排挤我的骡子，以致两只骡子发生争斗时，我承认我是真的生气了。由于天色已晚，赶骡子的人还要连夜将骡子赶回雨崩村，时间显得尤其紧迫。下山时，赶骡子的人频频快马加鞭，令骡子们几乎一路都在狂奔，尤其在急速拐弯时，我根本不敢看，只得将两只眼睛都紧紧闭上，就像面临屠刀砍下来一般。当骡子们都稳稳当当地在山脚平地停下，我爬下骡子，仿佛捡回了一条小命，同时又感到十分刺激和痛快。

夜幕里，陈娟、樊磊和张志弢都正坐在石墩上等待，而陈娟正挽着樊磊的手臂，靠在他的肩头，看起来就好像一对情侣。我们一起坐进已阔别了三日的面包车。格布仍又播放起音乐，这次是非常欢腾的迪斯科，歌声震天，像是把我们从20世纪的80年代，一下重新拉回了21世纪的今天。快节奏的摇滚乐让年轻的心多么欢乐，几乎都要得意忘形了。陈娟兴奋地一边表演一边大声地讲着吓人的鬼故事，张志弢还在念念不忘他的烤牦牛。他夸张地如丧考妣般地哭丧着自己没能吃到口、却让他流了很多口水的烤牦牛肉，其他的人纷纷兴奋地揶揄讽刺、幸灾乐祸。生活是如此欢乐，如此美妙，如此幸福。就像俄国最伟大的作家列夫·托尔斯泰所说的："生活，无论是什么样的，都是一种至高无上的幸福。"在一片漆黑的山路上，格布就像一名赛车高手，将面包车开得非常之快。

"生活，无论是什么样的，都是一种至高无上的幸福。如果我们说生活就是苦难，这只是与想象中的另一种更好的生活相比较而言，然而其实我们并不知道还有什么别的更好的生活，也不可能知道。因此，无论生活是什么样的，它都是一种我们所能获得的至高之福。"

这是那句话的完整的话，等你来到这世间，我多想将这句话说给你听，一遍又一遍地说给你听，在你欢乐的时候，在你哭泣的时候，在热闹的白天，在沉寂的黑夜，在充满希望的春天，在希望破灭的秋天，我都将一遍一遍地对你吟诵这句话，告诫你：无论生活是怎么样的，它都是一种至高之福；生活即是幸福。

在路上，还又发生了一件小插曲，让我简单地说说。当车正在山路上快速行驶时，坐在后排的男孩（这次他又坐在了原来的后排靠窗的位置）突然说他看见了路边站着一个人，一个戴着帽子、背着书包的男生；随即，副驾驶上的张志弢说他也看见了，确实是一个背着书包、跟樊颢差不多大的十四五岁的男孩。此时怎么还会有人出现在这前不着村、后不着店的荒郊野外呢？而且还是个学生。男孩探身要求停车去看看，问问究竟是怎么回事。格布将车减下速度，但仍继续往前滑行，因为他担心那是强盗们设计的一个局，认为在山路上，又是夜里，还是不要管这些闲事为好。在我们一致希望载男生一程的要求下，格布才终于停了车，又将车往后倒，倒了好长一段路。三个男孩很快一个接一个地下了车去，情形有点像警匪片里的镜头，而三个高个子男孩就像是欲去解救危难的便衣刑警。因为之前车速太快，已超了好长的一段路，难以确定那个男生所在的位置。三个男孩便一齐迈步往回跑，一边跑，一边高声大喊着"喂，有人吗？"、"听到请回应一声"之类的话。格布担心他们出事，快跑着跟了过去。我与唐唐也已站在车外，这才知道夜晚的山中有多寒冷。四个男孩参差不齐地继续往前跑，直到都跑出了车灯光的区域，消失在一片漆黑中，唯一还能听见的是他们不肯放弃的此起彼伏的叫喊声。我与唐唐都被冻得瑟瑟发抖，抱作一团，原地等待；陈娟一直没有下车。

孩子，我多想告诉你，一段时间之后，四个男孩带回了一个十四五岁的背着书包的小男生，我们非常热心地载了他一程，将他送到目的地，小男生满怀感激地下了车。我多想告诉你这样一个美好的结果；但我必须告诉你真实：他们没有找到那个小男生，没有人回应，没有需要援助的人，他们已经跑出了足够远，声音很大，在山谷间回荡，不可能听不见。也就是说，那确实只是一个坏人们所布置的陷阱，也许是瞧见车上的人多，那个被利用的小男孩躲了起来。我需要告诉你，尽管这世间存在太多美好，但丑陋并不会因此消失，它仍然存在，甚至也很多，都隐藏在黑暗中——它们永远也只能隐藏于黑暗中。这个世间崇尚的是真善美，这点永远不会改变。即使它们会被这尘世的各种阴霾遮掩、缭绕，但它们始终像头顶璀璨的星空一样存在，在风轻云淡的日子里，当你抬头仰望，就能看见它们正熠熠地闪着光芒，并感觉到幸福。

晚餐后，我们6人沿着村庄的小道闲逛，为了看天上的星星，还有一道弯月。夜里的月亮没有清晨时那样圆，而是细细的一弯。天空墨黑墨黑的。在墨黑墨黑的空中，星星是那样密，那样亮，真正的漫天的漫天的繁星。我从未看到过如此繁密如此莹亮的星星，即使在我的家乡，在我的童年，星星也从不曾如此亲近，如此莹亮。

"你会认星星吗？"男孩拍摄好几张星空的照片，走向我，对我开口说道，并"蹭"地坐到面前的栏杆上。

"不会，你会吗？"我说。

"我当然会，天文地理可都是我的强项。"男孩得意地一笑，怀抱着相机，将一条腿曲起，另一条腿垂直晃动了几下。从我的头顶，传来他青春动人的嗓音："你会不会也觉得宇宙很神奇啊？你看这么多的天体，都能够这么有秩序地运转。斗转星移，四季更替。一切都这么有秩序，不会出任何差错，你不会也觉得很神奇吗？"

"是啊，挺神奇的。"我抬起头说。

"你知道吗？每当仰望星星的时候，我就会想象到整个宇宙，然后就会产生出一种敬畏感，一种说不出来的敬畏。"男孩仰着头说，又低下头问，"你看过霍金的《时间简史》吗？"

"没有。"

"我看过，虽然里面很多地方没看太懂，但真的好神奇，让你怎么崇拜都不为过。"男孩仍又抬了头，继续仰望星空，接着说，"我一直对宇宙对星球充满崇拜，远远超过对人的崇拜。"

我手扶栏杆，与男孩一道仰望。

"我教你认星星怎么样？"男孩一边说，一边突然跳下了栏杆。

"认星星有什么好处吗？"我故意问。

"肯定有啦，比如当你晚上迷路的时候，你可以靠星星来分辨方向。"男孩站在我身后，愉快地答道。

"那好吧。"我表示应允。男孩于是进一步靠近我，手把手式地教起来。他教我认星星要先学会认几个具有标识性的星，然后通过这些星来认相应的星座。他手指一颗明亮的星星，很认真地让我看，说那是北极星，然后开始指点周围的星……天上的星星是那样繁密，我无法准确把握男孩所指的究竟是哪一颗或哪几颗。我感到我们离得如此之近，他的羽绒服摩擦着我的羽绒服，摩擦着我的脸庞，有点儿冰凉，又有点儿温暖，而那点摩擦着我的温暖是那样极具诱惑，像是在告诉我，只要我靠近一点，再靠近一点，那点冰凉就会消失，我就将被无尽的温暖包围……我将触及到男孩的体温，那将像无数的花儿温暖地开放着的体温，散发着花儿一样的芬芳，我将呼吸到那无尽的芬芳，犹如呼吸到整个初春的能量……我被心中强烈的渴望牢牢攫取，几乎忘了呼吸，更无法听明白男孩所说的话。男孩重复起他已重复过的话。情形叫人慌乱，我在异常强烈的渴望中，惊慌失措地寻找逃脱。我顿然地说，算了，不认了吧，我不想认了。男孩几分懵懂地点头同意。

我仓促地与男孩分开了来，走向不远处正与张志彧说笑的唐唐。夜色掩盖着我的极度慌张，我的心在异常的寒冷中狂跳不已。

由于太过寒冷，寒风凛冽，不几分钟，大家就都哆哆嗦嗦、大呼小叫地直奔宾馆。晚上，陈娟没有再去男孩们的房间，唐唐自然也没有去，大家早早地洗漱，上床安歇。我在漆黑中偷偷摸摸地往脸上敷保湿面膜，以使第二天脸上的肌肤能够水润一些；其实这些天我一直都在这么干。

孩子，今天已是这趟六日游的第五天了，行程可以说是很轻松，基本就是驱车返程，抵达香格里拉县城——千年古城独克宗；一路经过了白马雪山垭口、金沙江第一湾、纳帕海以及伊拉草原等风景胜地。应该说，这个时节沿途风景都算不上很美，原本泱泱的流水近乎枯竭，原本漫山遍野、五彩缤纷的花海成了一片荒芜的苍黄。尽管如此，每到一处，格布都还是会将车停下，预留出时间任我们观赏和拍照。也就这些时候，我开始将自己的镜头越来越多地对准男孩。我已抛开顾忌，只想将眼底这无限优美的形体通过镜头凝固下来，或者说，我已深陷对生命之美狂热的追踪状态——我不想压抑，抛开束缚，甚至愿意一生铭记自己曾处于过这样的状态。我拍男孩嬉闹的画面，奔跑的画面，行走的画面，尤其是他一人专注地拍摄的画面，他曾久久蹲在草地，为拍一朵枯叶丛中生出的小野花；曾独自跑去远处的浅水滩，为了拍一群栖息在水面的水鸟；也曾爬上高高的观景台，为拍摄"江流逆转"

的山形与地貌……当我一次又一次用镜头去搜索、观看男孩时，我恍惚能看到这个叫做樊颢的男孩的一生，与各种摄影器材相伴相依的一生，追寻奇异与美的一生，他自身的美将更多地与大自然结合，融没在了无人烟的深山老林、一望无际的苍茫沙漠，乃至冰天雪地的南北极地；他将越来越远离都市，远离人们的视野，但他会用自己捕捉到的美来补偿世人，并成就自己一生关于生命与美的含义……

我从金沙江拍到纳帕海，拍到伊拉草原，再拍到目的地独克宗古城。我拍近景，更多是远景；拍正面，更多是背面。尽管我只是个蹩脚的拍摄者，但摆在我面前的却是一个多么明亮、耀眼、活力无限的生命模特，一个美不胜收的人之形体与灵魂。

在独克宗古城溜达时，我喜欢握着相机，保持一定距离跟在后面，这样我就可以尽情去观望男孩的背影，感受他的存在正在令一切推陈出新。他完美的身姿，青春盎然的气息，使所到之处都恍若春光遍布。在遍布的春光辉映中，我感到自己所有的知觉都变得灵敏而通透，仿佛已然衰老的感官突然被复苏了起来，一片近乎发黄的叶子又逐渐回到了通体碧绿。我还始终闻到一股熟悉而久远的味道，芬芳的味道，这种味道让我更加像是回到了自己的青春年代。男孩也会偶尔地回过头，目光像是在搜寻，直到与我的视线连成一条线后，才满足地笑笑，掉回头去。尽管他的容貌已深刻我的脑海，但每每目睹他回过头时的脸庞，那种丝丝入扣的美仍旧让我一次又一次地感到惊诧，喜难自禁。

呵，孩子，是否造化担心我太过愚钝，因而才将一个如此美好的"生命模特"派到我的面前，来让我深刻体验人类这个种族所具备的美。或者，因为我过去的生活太过蒙昧，不曾对生命的含义有过公正而深刻的意识，造化唯恐我无法正确地向你传达，因而让我遇上这么一个男孩，体验这样极致的生命之美感，以免我对生命的定义太过浅薄与偏颇？并告诫我，生命才是这世间最奇妙最美好的事物，是这样吗？

　　而让我进一步感受到生命之美的，是在晚上，在参观藏族人家举办的联欢会上。这是一栋很大的全木质结构的藏民房，光大厅的面积就有近200平方米。屋内的布局包含着藏民的起居文化，四壁雕花，富丽堂皇。主人给每位参观者各披上了一条洁白的哈达，用酥油茶、各种样式的酥油饼、牦牛酸奶等热情地招待所有的来客。娱乐从吃点心，到接力饮酒、唱歌，最后进入到大家一起跳藏族舞的环节。

　　孩子，我得说，我已看得入迷。我在数十个跳舞的人群中搜寻到男孩的身影，他正在人群中学着舞步，脸上笑容灿烂。他跳着、笑着，在人群中是那么抢眼。当我再一次搜寻，他仍在跳着，笑着，已熟练掌握舞步；而我的眼睛却再也无法挪开了。那阳光璀璨的笑，犹如蓝宝石般在人群中闪耀，将我的目光牢牢吸引。就像梦境中，我抬头痴迷地仰望的少年，对于此刻欢笑着舞蹈着的男孩，我所能想到的是同样的词：无与伦比。我像梦境中一般，一动不动地痴迷地守护般地看着，害怕一眨眼，眼前正欢笑着的男孩就会消失。我想自己的形象一定欠雅，甚至带点猥琐，像如痴如醉的花痴；于是极力分散了下注意力，收回视线看了看周边的人。我惊讶地发现，原来正如痴如醉地观赏着的并不仅我一人，而是大有人在，旁边的女子几乎跟我一模一样，既担忧形象受损，又欲罢不能，对我讪讪地笑了笑。这让我放了心，原来男孩并不仅仅令我陶醉，同时也令在场的人陶醉。我开始肆无忌惮地沉醉地观看，像母亲观看令自己骄傲的孩子，像女人观看令自己骄傲的情人，也像同伴观看令自己骄傲的战友。舞曲持续敲打着欢快的节拍，在领舞者的带领下，开始跳起更加复杂的舞步，不断有人从跳舞的场地退出，像是败下阵来，心甘情愿地成为与我一样尽情陶醉的观众。

嗬，孩子，我想说征服全场的并不仅仅是男孩容貌与舞姿，尽管那确实是美的。而是他沉醉的欢乐，他脸上的笑容，那青春、烂漫而又持久的笑容。我要强调的是持久。在我的记忆中，还从未见过如此烂漫又持久的笑容。这是真正的欢笑，饱满的欢笑，纯净、无忧、美好，蕴藏着令人无限欢欣鼓舞的正能量。正是这持久的笑容，以及从这持久笑容中透出的对欢乐的坚信、信赖与投入，深深地吸引了在场的人。那如蓝宝石般持久闪耀的欢笑，似乎令整栋屋子，哦，不，是整个世界都为之欢喜、动容。一切都变得如此让人喜悦，像光芒驱逐尽黑暗，将每个被忽视被隐藏的角落照亮，并加以温暖……

哦，孩子，如果说痛苦是真实的话，那么，我又如何否认欢乐就不是真实的呢？它们同样如此真实，至少在这个晚上，我体验到了欢乐的真实。我没有带相机，因为相机没电了，夜晚也拍不出理想的效果，我只是用眼睛看着，目不转睛地看着。我在心里提醒自己，一定要记住，永远记住这一时刻，只要我能记住舞曲中这张持久的欢快的笑脸，记住此时此刻自己高亢的心情，那么我就把握了欢乐的确在。

除此之外，孩子，在我无比欢喜、目不转睛地看着男孩欢乐、烂漫、持续的笑脸时，我的脑海里浮现过什么呢？我恍惚回忆起小时候屋内通道里的风，中学时期编织的一串串美丽的风铃，那些我生命中无限美好的事……那是多么舒爽的风啊，在那样的风中睡眠、流口水、做美梦；用五彩的纸带，编织一串又一串纸风铃，将美梦编织进风铃，挂上铃铛，夜夜在风中摇响……那些欢乐与美好，曾经多么真实地存在过。倘若不是醒来后，一次次目睹母亲的绝望与眼泪，倘若没有一次次被父母的争吵哭号惊醒，倘若我能够一直在舒爽的风口中安睡，倘若风铃能够持续轻摇优美的梦，那么一切就都是美好的，没有悲情的根，那条悲情的根就不可能生成；而美好的人生将成为一种可能。

孩子，我多希望自己能永远记住这一晚，记住这一晚男孩持久而烂漫的笑容，记住这一晚欢乐的确在；让这一晚的回忆，恍如一盏永恒的明灯，去照亮我内心深处的秘密花园——那些被忽略的、被遗忘的、被质疑的欢乐与美好都倔强而悄然地聚集到的地方。

第九章

只要下定决心克服恐惧便几乎能克服任何恐惧，因为请记住，除了在脑海中，恐惧无处藏身。

——卡耐基

"原来不仅恐惧能征服人，人也真的可以再次征服恐惧。"这是此时此刻盘旋在我脑海里的一句话。

孩子，今天让我来告诉你我的又一感悟。这个感悟与恐惧感有关，所以需要先对你解释一下"恐惧感"这个概念。我这里所指的恐惧感，是指特定对象恐惧感，而不是一般意义上的胆小害怕。这可以归为是一种心理疾病，根据心理学可以解释为：它的产生与过去的心理感受和亲身体验有关，有的人因为过去受过某种刺激，大脑中形成了一个兴奋点，当再遇到同样的情景时，过去的经验被唤起，就会产生恐惧感。也就是俗话说的：一朝被蛇咬，十年怕井绳。

你一定想不到人高马大的樊磊会害怕那种趴在地上旺旺叫的小狗吧？但他确实害怕，非常害怕，每回只要有狗（无论是像豺狼般的大狗还是像儿童玩具般的小狗）出现，他总能第一个发现，并默不作声地远远就开始绕着走，无法远绕时，他每每都会流露出胆战心惊、小心翼翼的神态；可以说，尽管他人高马大、身强力壮，却对狗这种动物患有特定恐惧症。他所恐惧的对象是狗。不同患者所恐惧的对象各不相同；而我所恐惧的对象是——竖梯子，凡是竖立着的梯子，都会让我产生恐惧感。恐惧感的表现有很多种，比如心慌、心悸、眩晕、昏倒等，还包括现实感消失、害怕失控或发疯——而最后两点正是我面对竖梯子时最明显的症状。

如果要追溯我这种特定恐惧感是如何患上的，我只能说，大概与生俱来。在我很小的时候，老家还是带阁楼的木瓦房，要上阁楼的话，需要将一架木梯依靠在墙边，然后顺着木梯爬上去。在其他小孩轻而易举地爬上爬下捉迷藏时，我却每每如临大敌，尤其爬到顶部的时候，会产生各种木梯翻倒的幻觉，以致紧张得全身发抖。我曾十分勉强地上去过几回，雷同的恐惧感和紧张感留给我永难磨灭的印象。记得有一回——最后一回——我哆哆嗦嗦地（整个身体抖得非常厉害）爬上了阁楼，当我再往下望时，头脑一下就成了空白。我由此感到自己再也下不去了，永远都下不去了。我在阁楼上大哭大闹，认定自己一个人将永远被困在这阁楼上——我遗忘了自己最终是怎么下来的，大概是某个大人不顾我的反抗，蒙住我的眼睛，强行将我抱了下来，也许下面还有好几个大人在接应并安慰；他们全都知道我被吓坏了，知道我不能爬梯子。从那以后，我再也没有爬过梯子，大人们也绝不会再叫我上阁楼取东西，我对竖梯子的恐惧感从此形成，再也没办法消除，每每看到相似的木梯，只要看到它是竖着的，我就会浑身不舒服，就会产生相应的幻觉，连走近都不敢，更别说去碰它或是攀爬。读寄宿时，我一直不敢睡上铺，因为每天要爬上爬下两或三个阶梯会让我感到很大压力，我总要尽快找人调换到下铺才觉得安心。

　　随之而来的还有噩梦，纠缠了近二十年的噩梦，我总梦见自己爬上一架垂直竖在半空中的梯子，然后梯子翻倒下来，我随之猛然跌落下去，在异样的紧张中惊醒，心狂跳不止。曾看过《周公解梦》，说做这种梦跟长期心理压力过大有关，这种解释不无道理；但我认为更主要的原因还在于我患有这种特定恐惧感，因而做这样的梦对我来说显得尤为恐怖。

今天，面包车于上午 11 点多到达虎跳峡。格布因为昨夜喝多了酒——昨夜，在我们三个女孩都睡下后，午夜 12 点，三个兴奋得无法入睡的男孩，还强硬地拉着格布去酒吧痛饮，这是我们今天才知晓的——因而体力有些不支，（他之前几天为了保证体力，都是竭力少喝的，但昨夜也许是抵不过三个男孩拼命的劝酒，加上又是这趟出游的最后一晚，他喝了很多酒，超过了限量）为了保证接下去的行车安全，他需要去挂瓶营养药水。男孩主动陪了他一起去诊所，而张志弢只想留在车上睡觉，于是下山的只有樊磊、我、陈娟与唐唐四人。格布将我们托付给了一个女领队，叮嘱她照顾好我们。我们跟着女领队下山。除了我们，她还负责一个二三十人的游客队伍。我们穿插在长长的队伍中，走了约 2 小时的山路，来到"中虎跳峡"，领队给我们留出时间观景、拍照。

望见高处的观景台，我独自走向它，爬到了最高点，在石板上坐了下来。据说这里是世界上最深的大峡谷之一，流水奔腾而下，山谷间回荡着非常大的轰鸣声。这巨大的声响让我再次感受到大自然中涌动的力量，以及身处在大自然中的心旷神怡、希望恒在。我很想让骏明也来分享我此时此刻的感受，这是他一年四季身处在都市的"格子间"

永远无法感受到的，我非常想与他一起聆听耳畔犹如万马奔腾的流水声；于是我拨通了他的电话——也不管现在已超过1点，是他上班的时间；很不巧，但几乎在我预想之中，他正在开会，匆匆忙就挂断了电话。我仍不死心，决定用手机的录音功能录下来，带回去与他一起听。

休息了一阵，女领队吆喝着大家集合，继续前行。我再一次被夹杂在了长长的队伍中间。毫无疑问，我们前行的目的地是云梯——那长长的笔直地竖着的梯子。我得说，在下山的时候，我根本没有搞清楚状况，只当下山来赏一处风景，但现在算是搞清楚了——在休息处看了那块宣传栏之后——人们下山来不仅为了赏景，更是为了攀爬那犹如挂在空中、共有260个阶梯的所谓"云梯"：从山路爬下来，从云梯爬上去。如果我一早弄清楚是这么回事，我还敢这么"天真"地蹦下来么？事已至此，我只能继续前行了，一边走，一边思考回去的办法。我多少指望能有一二个与我一样纯粹下来观光的人，到时跟着他们一起原路返回。樊磊与陈娟走在前面，与我们隔着一定的距离。我对身边的唐唐说，自己是无论如何不敢去爬那云梯的，并试探她的胆量，很希望她的胆子能像她的身材一样娇小，但看来希望不大，这令我十分无奈又不安，每迈出一步，都极想停下来。唐唐一路又是劝又是拽，说，也没那么恐怖了，看看才知道；又说，那就当去看一看，都到这儿了，很快就要到了，就去看一眼吧。我几乎都没意志去做解释，任由她拽，心里想着：好吧，好吧，去看一看，但绝对只是看一看，让我去爬云梯，还不如直接让我去死。

走了 10 多分钟，踏过一道拐弯的木桥，云梯就在眼前。我抬头望了望，意料之中，跟宣传栏的照片也相互吻合，与地面基本保持了 90 度垂直，而且它是那么高，一眼望不到头。我身上不知不觉就起满了鸡皮疙瘩，浑身上下萦绕着非常不舒适的异样感。我真心佩服那些能接受这种挑战的人们，佩服他们身体悬在半空时还能悠然地回头看看风景——好吧，孩子，我也并非毫无尝试，事实上，我用尽全部勇气去尝试了一回，但只爬了七八个阶，我就投降了，很坚决地要求下来，跟在后面的一个陌生男孩只得放我回了地面。

我清楚地感受到，当我试图对这种恐惧做出挑战时，它是那样强硬而鬼魅，它在对我发出警告：小心你会崩溃，你明知道自己有多恐惧，何必自欺欺人，难道你就不怕自己那根脆弱的神经断裂，使自己陷入崩溃的境地吗？为了避免崩溃的风险——这种风险在我看来真实存在，而且非常大，我宁愿缴械投降……没有人会为了一次挑战，而甘冒精神失常的危险。我站到一旁，给后面的人让出道路，感到那样沮丧——被一种看不见的力量所彻底击败的沮丧，尽管早在意料之中，但沮丧感依然很强烈，也很灰心。我感到自己根本不可能战胜它，它早已让我臣服。

女领队看着这情形，上前询问我心脏是否有问题，或是哪里感到不舒服。

我回答，没什么事，就是害怕。

这样回答时，我对自己灰心到了极点，沮丧地走去一米远处的树林，远离云梯和陆续登上云梯的人群。

后面的人一个个全都登上了云梯，排成一条向上蠕动的长龙，地面上只剩下我与女领队。她与我年纪相仿，比我稍微矮些，穿着一身尼龙面料的运动服，面色黝黑，看起来健康活力。我该怎样感谢这样一个女子呢？仅因为一个简单的托付，她对我是那样诚恳、温柔、热情、尽心尽力。她说你看下面都没人了，只剩我们两个人，她的游客都还在等着，没办法陪我走回去。从原路走回去，起码得两个多小时，从这里上去就很快了，就20多分钟。若让我一个人走回去，她也不放心。她说她带队快10年了，像我这种情况的人她遇见很多，刚开始都不敢，后来都成功地爬上去了，她这方面的经验很足，保证不会有任何事儿，她带过各种各样的人上云梯，包括200多斤的男人。她一边极力游说，一边亲昵地搂着我的肩，呵护般地将我带出了树林。当我再次鼓起勇气答应尝试的时候，她面露喜色，继续鼓舞着说，只要我愿意尝试，就已经成功了一大半了。可以说，整个过程她都是那样熟练而又谨慎，小心翼翼地紧跟在我的身后，双手攀援的同时，似乎还时刻准备将我抓牢，嘴里一刻不停地说着话，频繁地提醒我不要往下看，也不要往上看，就往平处看，就看自己的前面。时而鼓舞，又时而赞扬。从始至终，她没有提到一次"胆小"、"害怕"之类的字眼，反倒不断表扬我的勇气，赞叹我的表现，她说我做得比很多人都好很多，我其实是个很有勇气的人。她数着阶梯，与我一起分享我们所取得的成绩，她说我们已经爬了40多个阶梯，很快了，快到一半了，剩下没多少了，我们很快就要到了。我在心里确认她是个经验非常丰富的好领队。她胡乱数数、善意欺骗的做法，让头脑迷糊的我心存感激。为了让我进一步分心，她开始给我讲故事，讲那些比我情况更严重的游客如何最终战胜云梯的事。她绘声绘色、幽默风趣的讲述给了我许多勇气与信心。爬到中上端的某一时刻，我因为不小心视线瞟到了下方，数十米的高度令我瞬间头昏恍惚，不知身在何处，恍惚身后的一切都漂如浮云，空无一物，而自己正从云层中跌落下去。女领队很及时地一把将我搂紧，让我闭上眼睛，依靠在梯子上休息。我照她说的做，将身体整个趴在云梯上，闭着眼睛休息了十几秒，便逐渐平定、恢复了过来，头脑反倒比之前清醒，与女领队接着往顶端攀爬……

当爬上第一处云梯，走往第二处云梯的时候，我始终有一种恍恍惚惚、回不过神来的感觉，就好像行走在烟雾氤氲当中，我难以置信自己真的能够爬上有着100多个阶梯的竖梯子，而且能够爬过它的顶端，而且神经完好无损。我仿佛自己是与女领队一起行走在胜利的半空，脚下弥漫着一片不真实的云雾——虽然伴着这样的幻觉，但我确定自己的神经依旧完好。当爬第二处云梯时，我内心便已有了几分信心，不再感到那么恐惧；到爬第三处云梯（这个云梯比较短，且略有斜度）时，我甚至已不再感到特别害怕，几乎不再需要女领队步步紧跟式的保护了。我们来到山顶，脚下的云雾感逐渐消失；一切恢复正常。男孩出现在了我的视野，身穿出发时的那套纯黑色休闲服，正站在长亭尽头的小卖部窗口前，购买若干瓶矿泉水。这种刚战胜完恐惧、悠然又见男孩的情境，让我心潮澎湃。我与女领队沿着铺满阳光的曲曲折折的长亭往前走，我激动地连连向她道谢。女领队高兴地强调，不用谢她，是我自己很勇敢。她始终是那样善解人意，却无法体会我激动的心情，永远都不会知道我对她的感激究竟有多深。她一次尽责尽力的行为，帮我克服的却是纠缠了我二十多年的恐惧，并让我感到，从今往后，这世间的万事万物都不再足以让我感到恐惧——一切都不再让人恐惧；而刚战胜恐惧，悠然便见到男孩的这种美好，将取代我对恐惧的记忆。

孩子，原来不仅恐惧能征服人，人也真的可以再次征服恐惧。这便是我今天的感悟，是我这趟旅行中一个巨大的收获。存在，最终强大过虚无，不是吗？就像 1 永远大于 0 一样。既然我连纠缠了 20 多年的恐惧都能征服，那么又还有什么恐惧是不能征服的呢？除了死亡；而死亡是所有生命无可逃脱的结局，是生命的结束部分。我们应该像接受生命的开始一样，去接受生命的结束；我们应该坦然一点，而不是恐惧。呵，孩子，直到现在，我仍然无从知道究竟是什么在令你犹豫，是否也有长久的恐惧感在缠绕着你，但既然我能战胜纠缠了自己 20 多年的恐惧，那么，你是否也已战胜了它们（无论什么恐惧，假如存在的话）；尝试摆脱对虚无（0）的依赖，开始对生命（1）建立信赖了呢？

这趟出游的最后景点是拉市海。面包车到达的时候，正是黄昏日落时分，也正是拉市海景色最美的时候。夕阳西下，霞光漫天。在这趟六天的行程中，我一共目睹到三场最打动我心灵的美景，第一场是雨崩村外的那片如诗如画的山谷林，第二场是前往神瀑时一路美轮美奂的雪景，最后便是这夕阳西坠时分的拉市海了。我们在夕阳临近远山时分到达，在夕阳完全沉没时分离开，目睹了整个日落过程。

这是一片平整而辽阔的湿地，连绵的低矮的远山，零星散布的秋季的树木，宽广的如镜的湖面，十分幽美地呈现在通红的夕阳光芒中。在湖面上，有一道狭窄而悠长的银白色水泥堤坝。一身黑衣的男孩，手握一部同样黑色的单反相机，迈着十分悠闲、惬意的步伐，沿着长长的堤坝，朝着夕阳的方向走去。他高瘦的背影，在逆光中成为一剪无限优美的充满艺术感的人体风景。我同样走上那条堤坝，隔着一段距离地跟在男孩的身后，当男孩举起相机的时候，我也同时举起了相机，"咔嚓"一声，拍下了这趟行程中男孩的最后一张照片。

孩子，如果时光真的能够像照片一样定格，该有多好，就定格在我们同时按下相机的那一秒，就在那一秒，时光突然停止，一切停止。哪怕我只能远远地跟在男孩的身后，看着他的背影，而一步也无法再与他接近，我也愿意。我愿意就那样静止而永恒地跟在男孩的身后，跟在心目中的这一道光之后，让幸福与美好定格，任凭世间其他一切仍在沧海桑田地变化……

我们在夜幕里回到丽江，与格布分别。分离已经开始了。事实上，我在今天感受到了浓郁的分离的气息；因为格布今天一路都在播放非常忧悒的离别音乐。我对你说过音乐对人心绪的影响。我想，大概在格布的面包车上，有着这样一整套音乐碟：欢快、深情——悠扬、舒展——激情、振奋——甜蜜、忧伤——离别、伤感；就像一趟出游的心情曲线，或许根据长期的导游经验，他已然将不同时段播放不同的碟予以程序化了；与此同时，毫无疑问，他其实也是在用音乐无声地表达自己的心声。他是个不善言辞的人，但音乐可以替他来表达。都说藏族是一个淳朴而重情的民族，因为淳朴，而更重情意。他将我们送到小区的门口，下车帮我们一一取过行李，然后冲我们做了个告别的抱拳的动作，重新上车。我分明看到他的眼睛里溢出了泪水。他生长在香格里拉的一个小山村，在丽江城区买了新房，已娶妻生子，他将回家陪伴离别多日的妻儿。张志弢冲着车内的格布大喊："格布，说好了，下回咱们一起去西藏。"格布噙着眼泪，微笑了笑，挥了挥手。那情形让我很想哭。我们几分落寞地经过小区的大门，往里走，无意间我看了张志弢一眼，看到一向大咧咧的他双眼竟都湿润着，这让我更加伤感。大家缓慢地沉默地行走，一段路之后，才开始说话，不大声地商量着放下行李后该去哪儿吃晚饭。

孩子，我们仍将住在小美的别墅，而且仍然都住各自原来的房间。我们将在这儿共度最后的几天……这让人很伤感……男孩将在27号离开，今天是22号，我们还能相处的时间仅剩4天。或许我应该感到满足。男孩离开后，我想我会搬去古城，感受古城的气息……离别，是这个世间最痛苦又最无奈的一件事，像一只挑拨离间的魔爪，迟早要伸进来，将这无比美好的时光一把抓住、掐断、抽离，将正欢愉的一切，转眼化作再也握不住、只令人黯然神伤的记忆……孩子，或许我无法再每天向你讲述，我想好好珍惜、品尝这最后的时光，我相信你会体谅。另外，我想补充告诉你，这栋别墅很像我老家后来新建的楼房，住在这里很像我逢年过节回到老家的感觉。我真希望我是真的带着男孩一起回到了自己的老家。我多希望能在接下去的几天里，仍能够时时刻刻见到他。或许，我会在几天后接着与你讲述。到那时，男孩已经离开，我与他已永远分离；而与你，我们依然在一起。我们会一直在一起——这将会给我伤感而落寞的心带来最大慰藉……

第十章

一个人的，一个刚刚诞生的生命的

充满活力的啼哭声啊，你拯救了我，这

生命的礼赞治愈了我内心的伤痛！

——屠格涅夫

孩子，今天，我感受到了你，真正地感受到了你，就在我的体内，右下腹的地方。当时我在束河古城，正站在一堵青砖的墙前，观看嵌在上面的宣传栏。我正在阅读里面的一段文字，突然，一阵隐痛，像小闪电般在右下腹闪过，就在那一刹那，我蓦然意识到了你，那么清晰地意识到了是你，在我的体内，以一颗卵子的形式存在，你正在往外挤，一点点地往外挤，渴望成为一个生命。

你正渴望成为一个生命，一个美好的人类生命。

没错，今天是回到丽江后的第三天，25 日，月经周期的第 14 天，正是我排卵的日子。我做过几个月的检测排卵，基本都在这一天，既不提前，也不拖后。左下腹的一阵隐痛，使我立即意识到了你，意识到了自己的一侧卵巢正在排卵。一个卵子——犹如你——正在我的体内拼命地欲破茧而出。我在捕捉到隐痛，并意识到你的瞬间，完全怔住了。啊，因为我所意识到的不仅是一颗卵子，而是你。你正在我的体内，挣扎着，从卵巢中往外挤。你在往外挤，渴望遇到一个精子，缔造成为生命。你正渴望成为生命。

下腹部的隐痛开始继续，曾有不少次排卵我都察觉到了这种隐痛，但却从不曾像这次一样，蓦然意识到你，意识到是你在挣扎，意识到你的渴望。你成为生命的渴望。你的渴望甚至一直超乎我想象的强烈。你正在努力地一点点往外挤，用尽全身的力，你渴望挤出来，邂逅一颗精子，成为生命。你是那样渴望突破虚无，你已经厌倦了虚无，而渴望成为生命的确在。你已经迫不及待。可是你忽略了一点，现在，在我的体内，没有精子，一颗活着的精子也没有，你无法邂逅你需要的那一颗精子。

啊，孩子，你让我多么慌张。你强烈的渴望让我多么慌张啊。我多希望自己的体内仍有一颗精子，它奇迹地存活着，像这个世界上出现过的各种医学奇迹那样，有一颗精子，因为知道你的存在，这一颗卵子的存在，它奇迹地异样坚韧地存活着，超出常理地存活了半月之久，是普通精子存活寿命的 5 到 10 倍。它成了医学史上的奇迹。所有的科学家们都无从解释；可奇迹就是"无从解释"。我多渴望这样的奇迹能够发生。可是，孩子，没有可能，你我不得不相信科学。这样的概率为零。为零。毫无希望。百万分之一的概率都不存在，而你并不知晓，你还在往外挤，带着希望？像以往每次那样地带着希望！并带给我隐痛，向我提醒你的渴望。

我怔怔地立在墙壁前，强烈的慌张让我迈不开步伐。我瞪大眼睛，面对眼前以诗歌形式排列的一串文字：

情的海洋，火的世界……
这里是憧憬化成的情感天堂，
缘分在这里触手可及，
许愿池里许下心愿，

装满心语星愿的河灯汇集于此，

随缘心动拾起的漂流瓶里，

也许，

是束河清泉为你带来的一世之缘，

在这里，你遇见了吗？

轻轻的问候一声，

是你吗……

是你吗……是你吗……我的脑海茫然地一声声吟喃着最后一行文字。为什么要让我面对这样一串文字？面对这样的最后三个字？啊，孩子，是你吗？真的就是你吗？你知道你这样令我有多慌张和痛苦，几乎是要逼我神经错乱了。我仿佛自己正在寻找，拼命地想要找出一颗精子，一颗活着的精子，放入自己的体内。请告诉我，孩子，我该去哪里寻找，尘土里吗？水泥地下？还是就在眼前的宣传栏里，是否我打破玻璃，撕下所有的纸张，我就能找到一颗精子，一颗鲜活着的精子？还是在亭子的顶上，高高的树上，或是某个男人的身上，一个成熟的男人身上，或许我不爱他，也不喜欢他，但他身上有我需要的精子……是的，孩子，只要能让你到来，我甘愿承受一切可能的命运。我甘愿为你承受哪怕最苦厄的命运。确实如此。但我必须冷静……我已经被你逼得心慌意乱。

我终于能够冷静一些了。我想我的脸色一定苍白了好一阵。我踹着气，嘴唇干涩，感到口渴，却并不想喝水。我不甘心。你的渴望还在向我发出请求。我推着自行车——我们一行人各租一辆山地车骑行到这儿，从墙壁间狭窄的空隙穿过去，车被猛然卡了一下，撞得我的小腿一阵剧痛。那地方必定要瘀青一块，但这样的疼痛如何与右下腹的隐痛相比？我转到了一处隐蔽的角落，打电话给骏明。

他是能理解我的。因为卵巢动过手术，有可能出现早衰，我们一直珍视每个排卵日，除非他出差在外。我激动地对他解释，这次不一样，我觉得这次的可能性很大，我的状态不错，身体感觉比以前好了很多，而且我有这样的预感，就是有这么一种预感。但骏明来不了，他的时间被安排得很满，不仅如此，他还要出差，下午就出差，连续跑三个地方，可能要十几天才能回 S 城。他安慰我，不要总想着这件事，既然是出去旅游，就应该放下一切，轻轻松松地玩，难得这样一次出游；这件事以后有的是机会，别总胡思乱想。尽管他比我大不了几岁，却时常把我当一个长不大的女孩来看待，一个有时过于敏感并喜欢胡思乱想的小女孩。

挂断电话。求证了绝无可能。可是，孩子，这颗卵子——犹如你仍在挣扎，我该怎么抚慰它？抚慰你？你能感受到我现在的心慌和无奈吗？我无法现在将你带到这个世间，无论如何不能。

时间在一分一秒流逝。过程如此缓慢。现在，它终于不再挣扎了，你亦不再那样迫切地热望了是吗？它大概已经挣扎了出来，并由我陪伴着，进入了注定走向萎缩的甬道。它不再挣扎，一如你亦不再急切渴求？你又变得如此安静，存在于虚无间，我一直如此安静且一如既往如此安静的孩子。

我们还在骑行着漫游，一行五人（陈娟昨天已离开丽江，她是我们六人中最早离开的一个，）也就是说，男孩依然在，他还没有离开，他将在后天离开，现在，他依然在我们的视野内。他依然是那样欢乐，他屁股下的那辆蓝与黑色的山地车，带给他无穷的少年的欢乐。今天，他一改之前色调简洁的风格，穿了一件颜色鲜艳的黄绿格子衫，这件棉质衬衫很衬他的肤色，使他显得分外清爽动人。他不时欢快地演示着自己的车技，放开双手，伸展双臂，做飞翔的姿态，同时嘴里发出欢快的呼叫声；有时他俯身下去，上半身像拱桥般地横着，看上去就像专业赛车手那样优美；他喜欢直冲着上坡，面对很窄的路径，或者不多的几个台阶，他常要信心十足地去尝试，因为他的腿很长，又稳健有力，无论怎样都不至于摔倒，总是能及时地转危为安；而他转危为安时的动作，总是既敏捷又优美的；那部崭新的 24 寸山地车，似乎成了他手中的玩具。有时他不知不觉超出一段路，然后一个洒脱的弧线，又往回骑，仿佛是特地回来迎接我们似的。

我一边骑行，一边不时地瞟一眼男孩，感到整个世界都变得那么简单、明了，成为一种非常简单明了的存在，与虚无相对应，承载着美好生命的简单的物质的存在。在这简单的物质之上，一切都是那样秩序井然，又美妙情深。

　　今天，我们骑行游览的景点叫束河古城，从小美别墅出发，到租赁自行车，一路骑行到束河，我们花了三四个小时。束河古城远比大研古城宁静，可以说是冷冷清清，只有很少的零零碎碎的一些游人。我们最先沿着古城的外围骑行时，一个游客也没遇见，只是三番两次地遇见同一个穿制服的保安。一栋又一栋古红色的客栈大门紧锁，悄无声息。墙外种植着清秀的竹子，以及各种优美的树。盘栽摆放在门前，像是久无人照料。偏僻的路径上铺满了落叶。那个保安晃来晃去，四处巡逻，看起来相当寂寞，百无聊赖。然后我们到了稍有人气的地方，终于看到了一二栋仍开门迎客的客栈，客栈的二楼阳台上站着两三个无所事事的游客。有妇女在流水旁洗菜，几条肥硕的金鱼在水底悠游。流水清澈透明；再接着我们便到了原本有着许多休闲娱乐的哈里谷，也就是墙上嵌着宣传栏、我猛然间意识到你的地方，但这个季节没有开放，萧条而静寂。最后我们终于转到了商业区，但依然是冷清清的，尽管不少门面营业，但游人屈指可数，还不及店内的营业员多；我们没购买任何物品，专挑美食品尝。我想起一篇叙述某一旅游城市的散文，那座城市里居住着许多作家：在旅游淡季，游客稀少，几乎了无踪影，作家们可以安安静静地埋头写作，写上大半年，思想库存释放得差不多了，心情烦闷了，就到了旅游旺季，游人如织；可以见到来自四面八方的人，可以跟不同的人泡吧，交谊，海侃瞎侃，等到热闹得久了，想清静的时候，淡季又如约而至。我想束河古城或许与那篇散文中描述的小城很相似，也许，对于作家这个职业，束河也是再好不过的选择。

下午，我们又一鼓作气地骑行到了白沙古镇。古镇很小，比束河更加冷清，几乎有些儿凋敝，宁静得就仿佛我们是闯进了一个不该闯进的世界。我们随意地参观了一个叫沙蠡的作家的故居，原本还想再瞅瞅著名的白沙壁画，但因为收门票而作罢。在天抹黑之际，我们骑行回到丽江。

孩子，现在，让我来向你补充一下前两天的情况，简单地做一个补充，既然我又开始了讲述，那么就让我补充完整吧。这两天，最值得一提的莫过于陈娟与樊磊的事了。一个过于主动、直接的女孩，一个虚无主义的男孩，他们居然走在了一起。我说"居然"，仅因为有点出乎了我们的预料，尽管陈娟一直在主动，但樊磊似乎从没有要接受的意思。他们真正确定关系，是在回到丽江后的次日，一起吃自助式午餐的时候，两个人公然地喂来喂去，并十指相扣，午餐后，两人才正式确认成为一对情侣。下午，陈娟突然搬去古城，樊磊自然而然地陪同了去，直到第二天的傍晚送别陈娟后，才回来别墅。但当我们都揶揄两人是否情意正浓、难分难舍时，樊磊却出乎意料地宣布两个人已经分手，就在机场里，已约好相互不再联系；是他主动要求的，因为他本来就只是当作一场游戏。张志嶷紧跟着问，那她同意么？樊磊说，他决定的事，由不得她不同意。他已经将她手机号码拉黑了，没必要再联系。我们都认为樊磊这样做有点太过冷漠、绝情。樊磊说，他不觉得，当游戏完了的时候，就应该彻底结束，没有什么绝不绝情的，这本来就是成年人在玩的一个游戏而已。

呵呵，孩子，那就权当他们是一场游戏吧。这场游戏与爱情无关，完全称不上是爱情。这个世间存在一种珍宝，叫做爱情。真正的爱情是这世间最珍贵的珍宝。我必定会对你说到这一点，只是不是现在。

现在，让我继续这几天的事。在这几天里，与男孩共住同一栋别墅，让我感到了前所未有的充实。整栋别墅都因他的存在而让人无比充实，到处洋溢着他的气息。我曾说 S 城的房子让我倍感空荡，或许就因为缺少这样一个生机勃勃的新鲜生命。我依然是醒来一睁开眼睛就迫不及待想要见到他，耐着性子一分一秒地等待，然后起床，不紧不慢地洗漱，选择着装，将不多的几件衣服试来试去，化淡妆，担心化得浓了，又清洗干净，重新再化，以求达到既化了妆，又看不出化了妆的效果——我相信以男孩的年纪，是不喜欢明显的妆容的——如此折折腾腾，同时也是为了打发缓慢而冗长的时间。没有了行程安排，男孩们一个也不会早起。瞧时间差不多了——已经 9 点多了，出了房门，来到二楼；樊颢与张志弢的房门果然都还紧闭着。张志弢的房门上还拒人于千里之外地挂上了"请勿打扰"的牌子。我来到一楼，敲唐唐的门。好在唐唐已经醒了，已穿戴整齐。陈娟搬去古城的当天，就有一个中年女人与唐唐拼房。女人一大早就与同伴们逛古城去了。我与唐唐一起走出小区，到路边的小吃店吃早点，顺便打包了樊颢与张志弢的早餐。回来后，两个男孩的房门仍然紧闭，唐唐便敲起了樊颢的门，又接着去敲张志弢的门，嘴里喊着：起床了，起床了。我站在樊颢门外的飘台的护栏处，心中窃喜。樊颢开了房门。房间里只有他一人。他刚起床，像是刚刚醒来，一副还不怎么清醒的懵懂样，穿上了牛仔裤，外套还没来得及穿上，仅穿一件墨绿色短袖衣，似乎有点不太好意思，与门外站着的我打了个招呼，又退回床边去穿外套。而我，居然非常厚颜地没有走开，侧身望了望一楼偌大的大厅，索性又转身，背靠护栏，面向敞开着的门，看着门内正在穿衣服的男孩。他将外套穿好来，几分羞赧地瞅了瞅我，我忍俊地仍看着他，似乎我所有的厚脸皮都只是为了能如此地早看到他一会儿，多看到他一会儿。他将鞋也穿好了来，蹦到门边，说他先洗把脸，便进房间的洗手间去了。片刻，他高高大大的走了出来，脸上湿湿的，残留着细细的水珠，倒显得格外精神，又一副十分孩子气的模样。我说赶紧吃早餐吧。他有些吃惊，说，啊，你们都已经买好早餐了？耸了耸肩，似乎有点为自己的晚起不好意思。看到木桌上打包回来的早点，很坦然地吃了起来。我问要不要喝点水，不待他回答，就自作主张地去饮水机倒了杯水，端来给他。我的爱意似乎已在不知不觉间转化成了行动。

张志弢起得更晚，一直赖床到 11 点半，早餐都可当中餐吃了。接下去的时间没着没落，原本打算骑行束河，只是热情都不太高，更愿意继续赖在别墅里，似乎都还没有从雨崩之行的疲惫中恢复过来。我提议打麻将。啊，孩子，我是真的非常想打麻将，与男孩坐在一起打一回麻将。这栋别墅让我恍惚回到了自己的老家，我有着犹如回到老家一样闲散而渴望寻欢作乐的心情。逢年过节，姐妹们从不同城市携眷归来，最痛快又最打发无聊的事莫过于坐在一起打麻将了。我们平常在外从不打麻将，但一回到老家，娱乐性的打麻将就成了最为祥和、惬意的事。姐夫妹夫们互不熟悉，打麻将既熟络感情，又不至于尴尬，因而他们也是很喜欢的。骏明最初不会打，但一两回之后，他便由旁观者变成主角粉墨登场了。我怀念打麻将一如怀念我们姐妹们在老家难得的相聚团圆。男孩很快附和。我问他会打么？男孩得意地说他当然会，两岁半的时候他去外婆家，没一会就将所有的麻将都认全了，人们还说他长大后肯定会是个赌神。

从小美那儿借来麻将，四人打了起来。“赌神”与我面对着面。（我们一直保持这样的坐法，最初是无意，到后来几乎是习惯，并有意为之。）他仍旧一副坐得颇端正的样子，一股浓郁的生命气息，正从他的双肩、他的脖子、他的脸庞散发开来，萦绕在整个客厅，萦绕着我。他洗牌不算慢，但出牌却有点儿慢，像是要经过一小番思考。他依然爱笑，一开口便会露齿笑，阳光、纯净，逍遥；似乎已完全忘了学业那回事，忘了自己的同学此时此刻正端坐在课堂里上课，他只顾享受自己的逍遥；同时，他也忘了分离在即，似乎现如今“天涯若比邻”，分离算不上多大的事儿。他的话依然不多，但脸上表情却不断在变化，尽管细微；但在我看来都是那样生动，妙不可言：抿唇、咬唇、噘嘴、挑眉、颦眉、拧眉、窃喜、喜悦、思索、琢磨、沮丧、期待、疑惑、坦然、失望……各种情绪，带动面部表情的细微变化，靠着麻将这项娱乐，尽收我的眼底。孩子，我永远无法向你解答，为何他的一个非常细微、漫不经心而又自然而然的表情，都会让我感到像是经过了千锤百炼般地牵动心魂，尤其当他表情停顿的时候，我的目光总禁不住也要跟着停顿一下。我注意到他眉尾的微微上扬，以及唇边地仓穴处的微微凸起，更添了他的动人。他的双手也非常好看，五指颀长，手腕的形状姣好。只可惜那样一双好看的手却无法摸到如意的牌。他的牌运似乎很差，前十来局中一次也没和过，好在放炮也不多；每当有人和了，他便立马用双手将牌一下按倒，推出去，开始洗牌，似乎是牌实在糟糕，连看也不想被其他人看到，只能期待下一局了。哎，一个可怜的、赌运不佳的"赌神"。但他始终是愉快的、喜悦的，他知道我不时在看他，犹如我知道他不时在看我，甜蜜而又默契。他的双眸犹如泉水一样清澈，眼睛里弥漫着明媚甜柔的湖光，还夹杂着一丝羞涩与调皮的微波；即使在他蹙着眉头，无可奈何地瞅着手中一整排无可救药的麻将牌，即使他因为久未和牌而有点意兴阑珊，他的眼眸也始终甜柔地潜藏着喜悦，只要一对视，就让人不由心花怒放。

与唐唐同住的女人及同伴从古城回来，循着麻将声上楼。三个年龄差不多的女人热情、简单地做了做自我介绍。男孩一口一声"阿姨"地叫起来，被张志彀大声纠正：叫什么阿姨，叫姐，人家是阿姨么？男孩有点不好意思，仿佛犯了个令人羞愧的错误。一个女人赶紧圆场，说没事，没事，就叫阿姨，我小孩都跟他差不多大了，本来就是阿姨了。但我们还是一致愉快地叫起了"姐"，"陈姐"、"田姐"、"张姐"地叫着。不久，张姐离开了，陈姐与田姐兴致勃勃地留下来看我们打牌；我猜她们应该平常就热爱打麻将，所以才会这么有兴致。陈姐坐在我旁边，弄明白了我们的规矩后，便不时指指点点地给以教导。我一向把打麻将视为娱乐，很少动脑，她的指导对我不无启迪。我按着她的教导出牌，确实打得顺利多了，但也就越来越沦为"傀儡"。几局之后，我主动让给了她，自己做旁观者。其实打麻将的乐趣更在于氛围，做旁观者也是顶不错的事，甚至因为可以到处走动，而更加有趣。我身不由己就转到了男孩的身后，看他的牌，似乎还不错，男孩自己也颇满意；而且很快就和了。为此，他们一致起哄我是男孩的福星。男孩也乐意地拍了拍屁股下的长凳说，来，福星，坐我这里。我当真坐了下去，看男孩打牌，他像是牌运大转，连连地和牌，还连续自摸了两回；以致他成了赢得扑克牌最多的人。我仍又回到陈姐旁边，面对面地观赏男孩，他依然打得顺风顺水，却一副漫不经心、"宠辱不惊"的神态——或者说，虽然手气越来越好，但兴致却没有最初那么高，倒越来越低了下去。看了看墙上的挂钟，将近四点钟，肚子开始感到了饿，考虑到大家都没有吃午餐，我想到去买菜回来做晚饭。也许我可以做一桌不错的饭菜，让男孩品尝品尝我的几样拿手好菜。这个念头让我有点兴奋。我对他们说，你们继续打吧，我出去一下。男孩扭过头问，你去哪里？我回答，去超市，买点东西。男孩说，我也去，并立即站了起来，将牌转给旁观的田姐。

　　走出别墅，我们终于又有了这样难得的独处。路上，男孩问我哪一天回 S 城，我说还不太确定。男孩说他确定了 27 号回，已经预订好那天上午的机票。他说这趟旅游他收获很大，感到非常值得，因为他找到了他需要的感觉。我问是什么感觉。男孩说，如果说他出发时还有一些不确定的话，那么现在已经没有了；而且他感受到了前所未有的快乐，感受到了真正自由的自己，在大自然中，在远离城市的地方；比他想象的还更充实，更强烈。

　　接着，男孩还告诉了一个他未说出的秘密，那就是，早在昆明火车站的时候，他就曾看见过我。第一次是在小书店内。他说他也曾走进去翻书，呆了有二十多分钟，但因为我一直面向书架在看书，所以没看到他，他也没有看到我的模样。之后，他坐在广场大象的雕塑下时，再一次看见我经过；当时已近天黑，他看得也并不太清楚。13 日上午，他与樊磊他们一起外出吃早餐，又一次看见了我。当时他觉得十分眼熟，但想不起在哪儿见过；直到 15 日晚才突然想起，又听说有一个女孩要与他们一起外出游玩，他便好奇地走过去看了看，没想到果真是我，给他的感觉是实在很神奇。

　　孩子，虽然我也曾想到过这种可能性，在昆明火车站我与男孩便有过交集，但当这种可能性，通过男孩之口，成为确定的真实，我还是禁不住像男孩一样感到神奇而惊诧。原本虚无缥缈的缘分，经过一而再、再而三的确认，仿佛变成一件实物，一件珍贵的、可以贴在心房、温暖心房的实物，就像冬日的暖手炉。

或许，孩子，我不仅要感激男孩的美好，更应该感激这份美妙的奇缘，这份能让彼此多次相遇又短暂相伴的奇缘。因为无论遇见或不遇见，男孩都是存在着的，美好地存在于这个世间；原本与我无关，然而缘分让他遇见了我，也让我遇见了他，让我得以见证他的美好。当我们走进超市，分开来，各自挑选物品，当我隔着一定距离看着高高瘦瘦的站立在货架前的男孩时，我的心间温馨地流淌着这份感激，感激这短暂却又绝妙的缘分，感激他拥有如此让我迷恋的美，感激他带给我的连绵不绝的美好与愉悦；或许，我更应该感谢他的灵魂与个性，让我逐渐意识到了自己的缺失，意识到自己已失去自己。是的，在这些年中，我一步步摒弃了曾经那个悲观、乖僻的自己，但我并未建立起新的自己——这是我应该沉下心、仔细去考虑的问题，只是我现在尚无法沉下来思考，我的心被男孩以及即将的别离所充满，既忐忑不安，又因男孩的尚且存在，而依然幸福着；我相信男孩一直也在感受着我对他深挚的喜爱，虽然这份爱从未说出口，但必定能时刻感受得到；或许这份爱也会在无形中增添他的愉悦、快乐、决心与勇气。

买菜回来，男孩帮我打下手，洗菜、切菜，乐在其中；也弄得锅碗瓢盆不断哐咚咚作响；我一共做了五道菜，基本都是自认为平常做得最好的菜：剁椒鱼头、冬菇焖鸡、西红柿炒蛋、葱爆牛肉、手撕包菜；

又简单地做了个紫菜蛋花汤——如果有煲汤的瓦罐，我会煲正宗些的广东汤。都说做菜时若加入一份情感，做出来的菜会更香、更美味；我认同这一点。这无疑会是我为男孩唯一一次做饭，如果你能看见他那吃得津津有味、狼吞虎咽的模样，你就能猜出我心中这份欢畅的满足感了。

　　今天，从白沙古镇回来，已经天黑，进饭店，吃了一顿热气腾腾的火锅餐，喝光了几瓶啤酒。唐唐结账。她搓着双手宣布，不多不少，正好把我们的公用资金用完了，（在出发的前一天，我们每人拿出300元，作为我们这个小团体的公用资金，一直由唐唐管理）像是松了口气，为没有差错地完成了大家交托的这项任务。她也将于后天离开丽江。后天，27日，将会是我们这个小团体彻底解散的日子。张志发还将待上十天左右，行程未定；而樊磊，据说如无意外，会继续住在小美别墅，一直待到元旦前夕。

　　回到别墅，在张志发的房间，几个人正忙着鼓弄照片，唐唐将带来的笔记本电脑端了进来，男孩和张志发都将自己相机里的照片连线到电脑上。大家一张一张放大来翻看，提议将所有照片都集中到唐唐电脑上，整理整理，回去后发给每人一份。他们让我拿相机过去，一起看看我拍的照片。我感到不自在。所谓做贼者心虚，因为我相机里有太多偷拍男孩的照片，为了抓拍男孩那些优美的动态，我甚至多次使用连拍功能。我讪讪地没有答应，说我回房休息去了；便逃也似的离开了。我也确实难以忍受房间内那种离别在即的气息——虽然他们还像往常那样充满欢喜，但我却闻到了浓郁的离别气息，看着一张张我们曾幸福、欢乐的无声照片，看着那些熟悉却已远逝的风景、熟悉却即将分离的人；这种观赏于我毫无欢喜可言。而且，我既不觊觎他们所拍的照片（除了男孩的），也不想与他们分享我拍的照片。我认为一个人所拍的照片，属于一个人的记忆；无所谓共享。至少，我的这份记忆，是他们无论如何无法共享的；也是我不愿意拿出去共享的。

　　所以，孩子，我回到了房间，还是三楼的这间大套间。我在回想白天的那一幕，站在宣传栏前，蓦然意识到你的那一幕。我第一次那么强烈地意识到你真的就与我在一起，在我的体内，与我形影不离。此刻，下腹部的痛感已经消失，一颗鲜活的卵子已被排出卵巢，依然还在我的体内，尚未枯萎，它安静地存在着，注定枯萎……我闭了闭眼睛。恍惚看见了你。不再是很小的女孩，而是突然一下长大。是一名少女。14 岁的少女。就像男孩一样，还差两个月便满 15 周岁。你突然变得跟他一样大，一天不差，来到我的房间。现在，你在走动，房间内弥漫着你青春洋溢的气息。你不高也不矮，扎着马尾，留着刘海，身体似乎已完全发育成熟，甚至还带点儿微胖。你是那样健康、灵动、活力，你活泼的盎然的气息，一下塞满了我所处的整个空间，像风一样萦绕着我。你走过来走过去，将房间的角角落落都打量了一番，然后才在窗下的长沙发椅上坐下，瞟了我一眼，但没有说话。你开始像个玩耍杂技的人那样摆弄自己的腿，将一条腿绷得笔直，用双手抬举着，不停地打着圈地转动着脚尖；又将另一条腿也绷直，两条腿像划桨般地比划着。你盯着自己的脚尖看——你其实是在思考着什么。你终于将双腿都收了回去，把整个身子都盘在了沙发椅上，紧贴着椅背，一只手撑在椅背上面，托着下巴；眼睛直勾勾地看着我，神情像个大人，你说（声音很清脆）："来吧，妈妈，告诉我生育的过程，我该怎样才能成为一个真正的人，去到你生存的世间，请告诉我吧。"

那么，好吧，孩子，现在就让我来告诉你，述说这一过程：

首先，它需要一个男人，和一个女人；（也就是动物界的一个雄性和一个雌性）他们通常是一对夫妻，通过一定的仪式或程序，宣布结为夫妻，以得到周围的人以及整个社会的见证和确认，从此拥有长期共同居住的权利和义务。这样做的目的就是组建家庭，为新生命的抚育和成长提供必要的良好的基础条件——这是这个世间的人们所能想到的几乎唯一的最好的办法——也许它不是普遍合适的，但人们暂时还想不出其他更好的办法。男人，通过性的器官，能孕育并分泌出一种叫做"精子"的活性物，（每毫升的精液里活跃着成千上万的精子，据说在精密的显微镜下，看起来就像成群的游弋着的小蝌蚪）而女人孕育并分泌另一种活性物——卵子，通过卵巢，一个月经周期会有一颗——通常只有一颗——卵子发育成熟后，会被排放出来。精子与卵子，通过交合（哲学家叔本华将它归为种族意识下的行为，而人们更愿意根据自身的体验，归为性与爱，亦即性爱）将会在女人的输卵管中相遇，并结合到一起。一颗精子，依靠自身分泌出的一种酶，融化卵子的"外壳"，进入卵子，从而成为受精卵。这就是生命最初最始的状态，是突破虚无的时刻，也即生命形成的时刻。我无法透彻地向你解释这一无限神奇又无限神秘的过程——就像没有人能真正解释这神奇又神秘的宇宙一样。我甚至也不清楚，在合成的那一刹那，是否就有了"灵"（灵魂）的存在，是否就有一片非常微小的微弱的非物质的灵倏然地渗入到受精卵当中，直入它的最核心，像心脏一样开始启动生命的脉搏。如果说灵是一种能量，那么我想是的。这种能量通过性，通过爱；这些最原始又最本真的能量的传递而产生。性的能量，使生命区别于非生命；爱的能量，使有情感的动物区别于无情感的生物；而人类性与爱的能量，又使人类区别于其他有情感的动物。我想或许便是这样，但这仅仅是我个人的想法：生命起源于性与爱的能量。

在输卵管相遇并合成的受精卵——这最初的微弱的生命，将很快进入分裂的程序，一分为二，又二分为四，四分为八，依此类推。因为有 DNA 的牢牢制约，它精妙而不出差错。它一边分裂，一边通过输卵管（形态就像一条蠕动着的管子），向子宫游弋。这样的过程大概需要 5 到 7 天。孩子，女人的子宫便是人们常说的孕育新生命的温床；当受精卵来到这里，就像一条蝌蚪游过长长的溪流，终于到达温暖、水草丰富的池塘一样。蝌蚪将在池塘里生长成一只青蛙；而受精卵将在这儿生长成一个胎儿。它会将自己移植到子宫壁的内膜里，因为那里面有它需要的丰盛的营养。为了获得更多的营养，并保证自己的安全，它会慢慢地、逐渐地为自己建造一个无比温暖、舒适的巢——胎盘，通过脐带（仍然是一条生物管）将自己与母体相连，以满足越来越多的营养需求。大约三个月的时候，它就具有了一个小小人儿的模样，五官、手脚、器官均已形成，在 B 超下清晰可见。四个月的时候，它的性别便呈现了出来，也就是说，人们开始知道它究竟是个男孩，还是个女孩了。第四到第六个月，除了各种器官进一步发育成熟外，它还将逐一拥有各种感官、知觉，比如听觉、视觉、嗅觉等，也就是说，它开始能感知到外界的存在，能看到模糊的外界的光亮，聆听到来自外界的声音；甚至感知到母亲的情绪。它会握拳、跺脚、翻身，乃至变换表情。它会乖巧地一直待到第九个月，从合成那一刻起，一共大约要在母体内待上 270 天；然后，它便开始闹腾着要出来了。这个时候，是女人疼痛的时候；旁人无法想象的极端的疼痛，她通常要疼上数小时乃至数十小时，疼得死去活来，筋疲力尽；为了把腹中的小生命诞生到这个世间，作为母亲必须忍受这些极限的疼痛，并用尽平生的力气。伴随一声嘹亮的啼哭，她几乎痛晕过去，但她挺了过来，她终于能亲眼看见自己创造的生命，一个完全崭新的、新鲜的小生命。她感受到自身的伟大，以及无可比拟的幸福；她通常会激动与幸福得流泪；而这个新鲜的小生命在啼哭过后，继续沉睡，眼睛像一条缝似的闭着，安详，宁静，恬然，不久之后，当他（她）把眼睛漫不经心地睁开来，他看到的便不再是幽暗的母体，而是一个明晃晃的世界——对他（她）来说无比陌生又无比新奇的世界。人们热烈地欢迎他（她）的到来，欢迎他（她）加入了自身的种族，成为人类的一名。

人类，是这个世间最智慧最高等的种族，已发展到高度文明——包括物质文明和精神文明；你将会为身为这最高等种族的一员而骄傲。这便是我所能向你叙述的人类生育过程。

我的话已经停止。你用双手挽着后脑袋，像是在费力思考。你一边思考，一边吐字缓慢地说："这么说，生育其实不复杂，似乎还挺简单，是一个自发的过程，对吗？"

我说，是的，没错，一个自发的过程，就像食物吃下去，自然会被消化掉一样；人们甚至常常无法及时知道自己已经受孕，需要过段时间才知道。

"那么，为什么你不能够呢？是因为身体的缘故吗？那些与生育相关的部件发生了问题？"你若有所思地问，似乎还不懂得使用"器官"这个词。

"我不知道。"我说，"三年前我曾做过一次卵巢手术，医生建议我尽快怀孕，但我未能如愿。在内分泌激素检测中，我的促卵泡生成激素（FSH 值）比同龄的有所升高，但排卵检测仍能够正常排卵，输卵管通畅，宫腔镜也显示子宫一切正常；因而医生判断我仍是可以自然受孕的。"

"那么究竟是为什么呢？"你说，将双手垂了下来，疑惑中带有几分烦躁。

　　"我也不清楚。"我开始感到一些紧张，分不清缘由的异样的紧张，"或许，是心理的原因。因为压力过大……我在手术后才开始备孕，这让我感到压力……然后，压力越来越大，我的精神与体质都过于敏感……或许这是个很大的原因……还有，每天就我一个人呆在屋子里，满脑子尽想着这一件事。刚到陌生的城市，没有工作，不交朋结友，这样地过了三年……还有，还有就是喝中药，长期的中药让我身体越来越差，心情也越来越差……我能想到的就这么多。"

　　你听着，笑了一笑。而我却想哭，非常想哭，为自己这么阴郁地度过了过去三年的时光。

　　"你的意思是说，你越渴望得到我，却越加得不到？"你仍笑着，带着几分狡黠，扭动着身子，但依然靠着椅背，双手交错在大腿间。

　　"可能是吧。"我感到无比的颓丧，哦，不是颓丧，孩子，是自责、歉疚、遗恨，对自己的遗恨，为不能将你带到这个世间的遗恨，"这个世间的事常常如此，越想得到，越得不到。"我补充说，其实是在用这句话宽慰自己，宽慰过去三年自己难以被宽宥的生活状态。

　　"你用不着这样愧疚，"你又挪了挪双腿，为了寻找到最为舒适的坐姿，脸上的神情像是将我看透，又带着几分漫不经意的无所谓的态度。你强调："别忘了，我是自由的，我起码拥有一半的选择权，去或不去，不是完全你一个人说了算！"

　　你是在安慰我，宽恕我吗？我亲爱的孩子。你多像一个小大人，善良、懂事，而又依然调皮、好动。你保持最为舒适的坐姿，盘着腿，抱着膝，眨了眨眼睛——我不仅能看见那扑闪着的长睫毛，还几乎能听见它们发出的噗噗的声音，接着，你又一次使用那种吐字缓慢的语速，以及始终脆响的嗓音，说，"那么，你能告诉我，告诉我一下——生命的意义吗？是像樊磊——你的一个同伴，最高个子的那个——所认为的那样，是虚无的吗？即使我突破虚无，成为生命，追求自我，但意义却还是虚无的，对吗？我是那么渺小，或许一生碌碌无为，而且我最终都是要从虚无回到虚无——你也一样。我们不过是沧海一粟，生死都不由自己，诞生或是不诞生又有什么分别呢？"

呵，孩子，我要说，你问了一个非常及时的问题。当它灵光一闪般地在我脑海掠过，当我正渴望清晰地去将它捕捉时，你非常及时地把它抛给了我。关于这个问题——生命的意义，一个宽泛到似乎没有边界的形而上的命题，我曾经——几近痴迷地——一遍又一遍地追问过自己。或许是在等待你的日子里闲暇的时间太多，过于空洞、无聊，于是我需要用思考来填补一下。或许，我知道你迟早会对我这样发问，犹如我自己不断对自己发问。我曾在很长的一段时期内对这个命题纠缠不已；而痴迷的最后结果是让我对生命产生了强烈的虚无感——就像樊磊一样，我想他的思想与我当时的差不多，那就是，无从找出生命终究的意义。死亡使一切归零。从零到一，再从一回到零。一个个鲜活的生命最终都将被岁月带去，灰飞烟灭，不复存在。无人记起，无人忘记，仿佛从不曾存在；甚至连人类连地球也有消亡的一天。对于这样如白驹过隙的生命，又如何去追寻它的意义。生命似乎只有过程，而并不具备意义。我曾经不无颓丧地感到，拷问生命的意义就像拷问西西弗斯为何要重复地向山顶推滚巨石一样，并非因为存在意义，而只是在承受命运和责罚。生命的意义就好像希腊神话中坦塔洛斯的脖子下的水，或头顶上的果子，你永远无从获得；而头顶上悬着的那一块巨石，却随时可能砸下来，将生命立即夺走。

但我并不愿意将以上的答案作为自己对这个命题的答案。我拒绝这样带给我强烈虚无感的答案，我拼命地去找寻其他的答案。我让自己认同，承受西西弗斯式的命运本身就是生命的意义。我告诫自己，生命的意义，就是在毫无意义的基础上，去生活出一点意义来。我用这样的告诫，来终止对生命意义的思索……但是，刚才，就在刚才，我回答你生育过程的时候，当我讲到"当他（她）把眼睛漫不经意地睁开来，他看到的便不再是幽暗的母体，而是一个明晃晃的世界"的时候，我突然顿悟了开来。我突然想到，生命的意义，所谓的生命的意义，就正存在于睁开眼睛看到世间的那一刹那。

也就是那一瞬间，孩子，我突然找到了生命的意义——生命的意义，就像满园的春色般蓦然展现在了我的面前。啊，孩子，生命的诞生，多像一栋漆黑的房子里，灯光突然亮了起来；一座紧闭的花园，柴门被突然打开了来；一个沉睡着的人，睁开眼睛醒了过来；于是，你看到了房子，房子内的布局，你看到了花园，花园里的花朵，你看到了这个世界以及存在于这个世间的一切……你闻到了花香，春草与泥土的味道，听到了鸟鸣、流水声、饱含一切情感的音乐，你看到了你的亲人，友人、爱人……你确认了生命的存在，情感的存在，自己的存在，以及世界的存在……

孩子，这就是生命的意义：照亮屋子的灯，打开院门的钥匙，睁开来的眼睛。想象你走到一栋封闭的庭院前，如果你不推门进去，你将永远不知道庭院里的模样；然而，你推开了，于是你就看到了整个庭院，闻到了花香，听到了鸟鸣，你不仅触摸到了这个世界，且拥有了一个属于自己的世界，你在这个世界里，拥有喜怒哀乐、七情六欲，爱恨情仇……这是一个属于你的世界，一切皆倒映在你那无边的澄清的心湖里……你那甜柔温谧的眼睛里……

孩子，唯有生命的存在，你才知道什么是虚无，否则，你连虚无也不知晓……从何知晓呢？

所以，此刻，我还能想到的生命的另一大意义，就是：不畏惧死亡与虚无。

"不畏惧死亡与虚无？这也是生命的意义？"你张着嘴巴，很是惊诧。

"是的。唯有生，才有死。唯有面对过死亡，才有可能不畏惧死亡。生命是唯一的确证，你还能举出其他的确证吗？"我说。

你没有回答，依然盘腿抱膝地坐着，低着头，轻轻摇晃着自己的身体，就好像坐在一把摇晃的椅子上那样。你无语了一阵；我跟着沉默。我们一晃都没有说话，然后你用手撑着沙发，转过身去，双腿跪在沙发上，背对我，面朝着窗。你突然举起一只手，指向窗外的天空，大声地叫道："啊，妈妈，你快看啊，那是什么？！"

我目光跟随你手指的方向看去，嗬，竟是一轮满圆的月亮。那么大，那么近，几乎就贴着窗口，明晃晃的一轮，让人吃惊。"那是月亮。"我说。

"就是你常说的月亮吗？你把自己比喻过月亮，对吗？"你边问边回头看了我一眼，继续跪在沙发椅上，翘着屁股，手肘杵在椅背上，认真地观望着，像是在细细端详。你的身姿是那样青春、优美，就像一副动人的画。我在这时才注意到你的浑身沐浴着一层异常皎洁的光，不是灯光，除了灯光之外的另一层光——比灯光更银白更柔和的月光。它一直笼罩着你的全身，静寂而温柔。

我把目光穿越你，投向那轮又圆又大又莹亮的月亮。此刻，它离窗口是那么近，覆盖了大半个窗……它是那样安静，恒久。它究竟存在了多久呢？成万上亿年？一直与太阳、地球、各星球共同存在？它对女人对母亲似乎总是格外亲切，难道因为她本身也是一个女性，一个母亲？还是因为，千万年来，它将地球上所有母亲的故事都尽收眼底？她既能看到几千年前母亲们的故事，也能看到几千年后母亲们的故事，她看到她们如出一辙。她知道这是因为有一种基因存在于女人 X 基因链中，没有女人能够逃脱……

……

但它消失了，就在我闭上眼睛、再睁开的时候，它消失了……

于是，你也消失了……

……

呃，孩子，你来过这个房间，你真的来过这个房间，对吗？你一定来过，虽然此刻你消失了，但你的气息仍然还在，仍像微风一样萦绕着我……窗外的天空一片漆黑……我走去了沙发椅前，像你那样地跪趴着，探头向外寻找。我终于发现了月亮，像括弧一样很细的新月，它代表着什么呢？是希望吗？！

第十一章

多情自古伤离别。

——柳永《雨霖铃》

孩子，现在我在古城，在找寻男孩。当我午睡一觉醒来，听说男孩一人来了古城，便无法继续在别墅待下去，也跟了出来。我渴望邂逅到他，再次证明我与他非同一般的缘分，就像我们一次又一次的邂逅。我渴望，当我走着走着，他蓦然出现在了我的眼底，我的面前，带给我最初那样深刻的震撼。因而，我没有使用现代很便捷的联络工具——手机，原本我只需要轻轻地按一下键，就能联系到他；但我没有那样做。我甚至跟自己打下一个赌：如果我能在这古城中也发现他，与他邂逅，那么我就将很顺利地得到你，与你在这世间相逢。现在，我开始后悔不该打这么个赌了。古城这么大，要邂逅一个人谈何容易？

确实，我为什么要打这样一个莫名其妙的赌呢？现在，我在到处找寻他，找寻那个熟悉得不能再熟悉的优美的身影。我相信，只要他在我的视野范围内，我就能够一眼辨识出来。他应该穿着那件条纹图案的白色长袖 T 恤，深蓝色牛仔裤，中午的时候他就是这样穿着。也有可能外出时，套上了某件其他颜色的外套；但午后的气温还很高，穿白色 T 恤的可能性最大。樊磊说他到古城买东西去了。他大概是来古城买些礼物或特产带回家去的；那么他出现在商业区的可能性最大。但我在这儿来来回回转了几圈，几乎将每间店铺都察看了一遍，还是没有发现他的身影。我又到了美食广场、四方街，兜兜转转，仍一无所获；顺着酒吧一条街，游走了一圈，又折回到商业区，乱糟糟地来到宫门口，所有这些热闹的地方，都没有那高瘦熟悉的身影。他究竟会在哪儿呢？在故意与我捉迷藏么？他有没有带相机？会不会还想在最后一天拍摄下古城大街小巷的风貌，如果这样的话，那么他可能随心所欲地去到任何角落。

我感到一些心慌。孩子，我越来越没有了把握；正如我一直对你能否到来的心情：心慌而没有把握。我带着这样的情绪继续寻找。一如我曾很多次站在都市的街头，茫然失措地找寻梦境中的少年。与此同时，我似乎也在找寻你，找寻与你（昨夜的你）与男孩相似的少年；俊美，且浑身上下散发着浓郁生命气息的少年。尽管每个孩子都新鲜、稚嫩、充满绿意，但并不是每个孩子、每个少年的身上都具有那么浓郁的生机；就像不是每个女人都具有浓郁的女人味一样。苛刻地说来，这样的人并不多见，何况游客中绝大多数都是青中老年人。但我还是发现了一个，十六七岁，身高一米七八左右，跟在一群大人的后面，慢悠悠地走着。他不如男孩那样俊美，但也是有几分显眼的，春意盎然地辉映着走在他前面的那一群中老年的大人们。接着，我又看见了一个，穿着一身黑衣裳，快速地从我身边超过。他最多十二三岁，还没有发育，一米六多点的个儿，很瘦；浑身散发着勃勃的生机，并有着我所喜爱的狭长的脸，很白皙的皮肤，五官清秀。他还只是个儿童，右手的食指与中指间却夹着一根燃着的烟。他一边与另一个男孩（在他的映衬下，另一男孩显得十分普通）急匆匆赶路般地往前走，一边扭着头对另一个男孩吩咐着什么，同时不忘学着古惑仔那样地吸上一口烟。尽管如此，他还是让我倍感欢喜。我跟着他们走了段路，在一个岔口，我目送了他们的背影，拐进小巷。

我还在找寻男孩，将目光投向每一个体型出众的身影，或穿着白色上衣的人。我已经在商业区及热闹地带兜来兜去地转了好几圈。嗬，孩子，如果是三年前，我绝不会对少年儿童产生这么诚挚、热烈的情感与迷恋；但三年后，我却身不由己沦陷于这样的兜兜转转、寻寻觅觅当中。

假如此时有一位手持魔石的巫师，站到我的面前，问："现在，用你15年时光，来换一个阳光少年，你是否愿意？"并神情严肃地提醒，"请你仔细想清楚，一旦交换，你将失去接下去的15年时光，直接进入到46岁，你确定你不会反悔吗？"

我会在想一想（以表示我确实经过了慎重思考）后，回答：我愿意，绝不反悔。

现在，我已完全迷路，走到了这阒无一人的地带，久不见人影。我是个方向感极差的人，常常一个拐弯，就分不清了来路去路。我在这完全寂静的巷子里走了许久，还是没有回到稍有人气的地方。这条路似乎很长，我不知道该继续往前走，还是应该转身往回走。好在终于有一个小女孩出现了，十二三岁，背着书包，像是放学回家经过——现在已经到了放学时间么？我急忙拦住了她，问要去四方街该怎么走。女孩说我走反了，这样走下去只会越走越远，前面就没路了。我道了谢，加快步伐往回走。十几分钟后，回到了比较熟悉的商业街。我开始感到遇见男孩的希望几近渺茫。时间过了这么久，他极可能已经返回了别墅，那么我将不可能再在这古城找到他。

　　我想到给男孩买件礼物。这个念头让我一阵温暖。我多想送给他一件礼物，可以代替我留在他身边。我一边张望一边盘算着该买什么，经过一番犹豫和比较，我最终走进了一家装修尚可的首饰店，在营业员的介绍下，我挑选了一条黑色的黑曜石手链。黑曜石据说是一种极具灵性的天然琉璃，具有辟邪化煞、净化护身的功效，这恰好符合了我的心情。我希望它能代表我的心去守护他，倘若他的人生注定危险重重，那么我祈祷他能凭借勇气、意志与侥幸，一次次逢凶化吉，转危为安。买好礼物，带着最后一线微弱的希望，我仍又走过了美食广场，到了四方街。这里始终是人流最多、最为热闹的地方。广场正播放着欢快舞曲，一群人围成圈，正跳着纳西舞。但时间已晚，广场阴了大半，地面仅剩不多的阳光。跳舞的人群已兴致大减，正陆续散场。我停了停，观看了几分钟，又无所事事地继续往前走去，就在我不抱希望地再次抬头张望时，却看见前方白色拱桥上正走着一个熟悉的身影。我的精神为之一振，随之而来的便是狂喜，正所谓：踏破铁鞋无觅处，得来全不费工夫。或许男孩刚刚也凑热闹地观看了一阵跳舞，走得还不是很远，经过那段白色拱桥，正转右走去。

　　我欣喜若狂地追了上去。现在，我才知道跟踪原来是一件无比美妙的事。他身上斜挎着相机，一手提着两个袋子——看来他已经买好要买的东西——正向后山的方向行走，看起来目的地明确。他是要去哪儿呢？山顶么？这条路唯一通向的便是山顶。我曾上来过一回，是古城地势最高之处，站在山顶上，便可鸟瞰整个古城，眼底是乌黑一大片的屋顶瓦楞。有二男一女三个中年人从身后赶了上来，一边爬一边聊着天，他们用好奇的目光打量着我，又抬头去望走在上面的男孩的身影，其中一个男人连续回了两次头，脸上带着几分流气与好奇的笑。我不去理会，却还是心虚地改了道，挤过石堆，走上了一条近乎无人走过的狭仄的路，绕了一圈，路才好走了些，继续向山顶的方向攀爬。这时，从山顶传出男孩的叫喊声。他居然跑到这山顶上来叫喊？让人不禁莞尔。他用他那带着童音的可爱嗓音，很大声地站在山顶上叫喊着：樊颢，加油！坚持梦想，永不放弃！加油，樊颢！

我的心为之颤动，就像整片静寂而在风中颤动的山林。

我继续我的跟踪。眼前的背影就像最初逛古城时那样牢牢吸引着我，诱惑着我。它已不再仅仅是一个优美的形体，而是一个优美的灵魂，优美的生命。哦，孩子，我多想回到最初，让所有的美重新演绎一遍，然而不可能，永远都不再可能，一切即将谢幕，这将是最后一次，就像最后一场美的盛宴，华丽却无声。男孩曾若有所觉地回过头张望了一次，我及时地躲在了拐角处；之后他再没有回过头，一直避开热闹的地带，在寂静的纵横交错的巷子里转来转去地走着，像是在开辟一条路程最短的捷径。我们继续向着无人的深巷走去。天色已近黄昏，巷中光芒黯淡，我边走边看着男孩的背影，恍惚我们正在找寻什么，用尽生命地找寻着什么，找寻一个久已湮灭的古老的童话王国，或一个种植满了鲜花的秘密花园……也或许，或许，我们正在找寻的是那个重复的梦境，找寻一条通往梦境的路……

但从来，从来没有一条现实的路径，能够通往梦境。它通向的只是一条比较宽阔的石板路，沿着石板路几分钟，便从南门出口出了古城。男孩加大步伐，将我远远地落下。我停了下来，胆颤地目送着人行道上渐远的背影，感到一阵极度的恐慌。

夜里，为了这最后一晚的相聚，我们一行人来到了古城北门的一家酒吧。张志弢打电话给格布，确认了他能来参加，且已经走在路上。这让我们很高兴。不多久，我们便见到了阔别数日的格布，仍旧是皮革毛袄，蓬松的长发，犹如老朋友相见般倍觉亲切。原本我们想请他喝酒，以表示对雨崩之行的感谢；不想他已提前买下了30瓶啤酒，反倒宴请起我们。摆放在桌面上的三十瓶啤酒，让我莫名地感到了某种程度上的安慰。原本极少喝酒的我，如今就像酒鬼一样，对酒兴起强烈的好感与依赖。没错，孩子，我又想来喝酒了，又很想很想喝很多的酒。但我无法任性地喝下去。这一晚，大家似乎都有点儿反常，又要在格布面前表现得一切正常。男孩一如既往地欢笑着，却又像个严厉的管家婆，他一反常态地不许我多喝酒，美其名曰是我的酒量太差，少喝为妙；而实则更像是故意要与我作对。他几次三番地伸手抢我的酒杯，每当我刚将酒杯填满，他就会毫不客气地一把夺过去，将杯中的酒倒去他人的酒杯，或者很不通情达理地将我的杯子隐藏起来。是的，我认为他在这个时候莫名其妙地阻止我喝酒，是很不通情达理的行为，他应该换一种方式，至少他应该理解我渴望喝酒的心情。但我还是不得不妥协，让我妥协的并不是他的阻挠，而是我心里明白，自己正处于备孕时期，已经喝多过一次，是不该再多喝的，所以才尽量克制着少喝。

在昏暗而热闹的酒吧内，在每个人看似欢喜的笑容背后，你能隐约觉察到那份被隐藏起来的悲哀，就像那些躲在桌子底下偷偷发光的灯。而在跟随音乐尽情闪烁的霓虹灯与闪光灯中，男孩的笑容依旧是那样青春、温暖，笑靥如花——没错，这本来应该是个用来形容女孩的成语，但用来形容男孩的笑却也再适合不过。他仍坐在我的正对面，隔着长条形方桌和桌子上燃着的几根低矮的蜡烛。我看着面前青春如花的男孩，感到某种难以承受的空虚。是的，空虚已经降临，无从阻挡，一切美好都追随时光而来，又都将追随时光而去，就像漏斗里的沙子即将流逝完毕，就像你无从阻挡面前的蜡烛正一点点焚烧为灰烬一样，空虚，且令人绝望。

我继续小口小口地抿着啤酒，就像品尝什么美味佳肴，却对其他食物毫无胃口。音响播放起劲爆的舞曲，主持人煽情地鼓动宾客上台跳舞。陆续有人奔上台去，格布、樊磊、张志弢三人也拉拉扯扯地一起奔了去。男孩不肯去。舞台上挤满了人，台上台下一片欢腾。邻座的几个客人也都跳舞去了，唯剩下一位中年男人，殷勤地与斜对面的唐唐搭着讪，唐唐出于礼貌，几分热情地应付着。我侧身观看了舞台半晌，感到一切都叫人空虚，没有再看下去。男孩也收回了视线，向后背靠住椅背……他静静地背靠椅背，很安静地看着我。我们静静地看着彼此，感到一种透彻心扉的美好又透彻心扉的绝望，正在将我们吞噬，将酒吧吞噬，将整个夜晚吞噬……

我在酒后无法排解的空虚中入睡了一会，醒来后便再也无法入睡。在逐渐亮起来的晨光中，我的大脑充斥着强烈的逃跑的欲望——我是那么想要逃跑，逃离丽江，逃离云南，赶在男孩离开之前，乘着这美好的一切都还存在之前，立即——马上逃离，而不是要等到这一切都消失了之后。于我而言，比男孩更晚离开，是一件多么残忍的事。我既无法面对又不知如何承受。我非常渴望能在凌晨就逃离丽江，逃离云南，我多想赶在男孩离开之前离开；但我动弹不了，就像一个灵魂和肉体都即将死去的人。我知道自己将不得不面对这样一件残酷的事：在男孩离开之后还在，就像——就像在狂欢过后，你还在，不得不于一片狼藉中面对人去楼空的孤寂；就像梦醒之后，你还在，却再也无从寻觅梦中的人。孩子，你不会懂得这种离别在即的惶恐……这是一种多么让人难以忍受的空虚与绝望……

今天上午，我送别了男孩。哦，不，不是我，而是我们，是我们送别了男孩……也不是，应该说，是我们送别了他们，我们送别了男孩与唐唐。唐唐比男孩晚一小时，是唐唐的班机比男孩的班机晚一个小时，所以他们一起去机场，所以成了我们送别他们……我们一起走向小区的门口，一辆的士停在路边。分离得很匆忙……就像一件再简单不过的事。男孩将行李放进后备厢，张志羿帮唐唐把行李也放进后备厢，然后男孩上了的士，副驾驶座，唐唐也上了的士。门关上的片刻，的士便开动了起来，立马驶远了去。孩子，无论你的内心如何惶恐、尖叫，过程都是如此简单。简单得让人麻木。像尖锐的刀深深割过肌肤，紧接下去的是不知是生是死的麻痹感，是轻如棉絮，是濒临死亡般的茫然与虚无……

现在，我已走回了别墅，回到了房间。是的，我还带回了男孩送我的礼物。他给每个人都准备了礼物，但无疑给我的礼物是最用心的——是一艘制作精美的仿古木轮船，一艘能驶入漫无边际海洋的轮船。我把它随手放在床上，自己也趴倒在了床上。我想自己需要休息一会，然后还要起来收拾行李，因为我想要搬去古城，最好能赶在中午之前。我想要赶在中午之前搬去古城，不再住在这儿了……嗬，孩子，现在我头脑迷糊一片……我记住了男孩最后的笑脸，那转过头来、最后挥手作别时的笑脸，依然是那样阳光、温暖、春意盎然……他似乎还对我说了些希望我继续玩得开心之类的话，那么，我呢？我是如何跟他告别的，我似乎又遗忘了点什么……我是遗忘了去叮咛和嘱咐吗？——我曾遭遇过类似的遗憾，在以前，对了，就在来的火车上，也是对一名年少的男孩。假如我不曾遗忘，我该怎么说呢？上天对他如此眷顾，给了他无限美好的形体，美妙的灵魂，给了他梦想与天赋，但上天似乎不能容忍自己给予人类太完美，因而又在他身上划下一道伤疤，设给他一道屏障，目睹他去跨越，去证明生命本身所具有的勇敢、无畏、不屈与力量。孩子，面对上天的公正与残忍，我能说些什么呢？我什么也不必说，因为他是那么早熟，且拥有那么多美好、优秀的品质，我相信他一定能够凭借自身的心智与勇气，过好属于自己的人生。我什么也用不着嘱咐，我只需要祝福他，深深地祝福他便可。是啊，孩子，我想用尽虔诚地去祝福他，可我却忘了……居然忘了……或许没有关系吧，不是所有的祝福都必须说出口的，就像不是所有的感情都必须用言语说出来一样，那条黑曜石手链已代表着我对他深深的祝福，这或许已经足够了；而且他也一定会幸福的，一定会；所有拥有积极自我的人，必能感到幸福，他也不会例外……那么，我当时对他说了什么来着？我似乎只对他说了一句：樊颢，再见。

樊颢，再见。这就是我最后对男孩所说的全部的话吗？！

我在12点之前，退房搬来古城，住入"与你相逢"客栈。我的突然搬迁让樊磊和张志骏惊讶，后者几乎有些生气，伸手要拦下我的行李。我解释只是想住过去感受古城。他们要我常回去看他们，有空大家还一起吃饭一起玩。我答应了下来。他们将我送到小区门口，帮我把行李放进的士后备厢，就像送别男孩与唐唐一样，算是比较正式的告别了。

孩子，"与你相逢"这个名字，你是否感到耳熟？是的，我曾来过这儿，并预订了客房，交了50元的订金。接待者仍是原来那个热情洋溢的女人，没想到她居然还记得我，记得我是那个曾交过订金没有领回的人。她说那订金依然算数，我这一天的住宿费只要补上50元即可。她愉快地问我是否出去旅游回来了，去了哪些地方，好不好玩。我简单地回答了她。眼下的我丝毫没有寒暄的心情，只要求住一间清静的客房，不要一楼，最好是二楼。女人有求必应，安排了二楼最边上的这间大床房。

这间房确实安静，几乎是过于安静了，除了隐约的鸟鸣声，便再也听不到其他任何声响。客房的地面铺满如花似锦的地毯，被褥同样是纯白色的。我趴倒在床上，陌生的环境以及超乎寻常的安静，令我像大海上漂浮着的空瓶子一样的心，渐渐地沉稳下来。

我或是又开始做噩梦了，也许只是悲戚的梦，我搞不太清楚，朦胧中我闻到不幸的仿佛灾难发生过后的气息，或者是美好已离我远去的气息。我并不愿意醒来，刹那间我感到可怕的心惊：心惊噩梦这么快就再次降临，心惊美好已结束，已经远离我而去。我惊醒了过来，确认美好确已经结束，男孩已经离去——我再也见不到他了，大概一辈子也不会再见到他了。可为什么这么快就又产生噩梦过后的感觉呢？仿佛一下就又回到了从前，回到了在S城屋子里做噩梦后醒来的时分。

对此，我内心既排斥，又感到无助与惶恐。我坐了起来，驱赶走半梦半醒间所带来的那一抹悲戚的寒凉的气息；然后我拿起相机，翻看男孩的照片。我微笑地注视着男孩的笑脸，如此阳光、俊美、青春的笑脸。温暖与美好在我心里慢慢散发开来，像从泉眼里缓缓流淌出的温热的泉水，将我的心弥漫：如我所料，虽然男孩已经离开，但有些东西已经留了下来，永久地弥留了下来，在我的心房内，不是吗？我亲爱的孩子。

　　我走出客栈，见隔壁客栈的院落里摆放着餐桌，便走了进去。分不清是午饭还是晚饭，已经下午4点多了，应该算是晚饭了吧。经营的是一对母子，简单地搭了一顶帐篷作为厨房，女人40多岁，男孩十五六岁，母子俩看起来非常和睦，都很少说话，说话时的声音也是低低的。他们应该都是纳西族人，红褐色的皮肤，男孩的鼻翼两边长着一些淡淡的灰色雀斑，不仅未影响到他的容貌，倒成了最具有少年味最吸引我眼球的地方。我点了一份炒青菜，一碗白米饭。吃饭的只有我一个人。我无所事事地打量着这家客栈的大院，植物、岩石堆、休闲的桌椅、千秋，一应俱全。两个穿戴整齐的女游客踏着红木板梯一起下楼来，遇上一个上楼梯的男游客，他们之间相互打起招呼，声音很大，热情、客套、高兴，人逢喜事精神爽的模样。我想倘若没有遇见男孩，我现在应该就像他们一样，遇见谁都会有几分高兴，就不会像现在这样失魂落魄、精神恍惚；但也就不会有如此深刻美好的记忆。

我目睹两个女人一边愉快地商量，一边欢笑地走出客栈，心想自己还是要比她们更加幸运。我不偏不倚，恰恰遇见了男孩，恰恰能与他一同出游，我经历过了人生中最奇特最美好的一段时光，我想象不出还有什么比这更为幸运的事。遇见男孩，使这趟旅游远远超过了预期，使"生命"、"美好"这些曾经只能遥望的概念，成为切身炽热的体验。我不仅见证生命之美，且在深情中尽情陶醉于那无与伦比的美，享受由此带来的绵延不绝的身心愉悦。可以说，这趟旅游这段奇遇大大拓宽了我对"生命"以及"美好"的感言感受以及精神体验，使这些原本看似简单平凡的概念，在我心中从此与众不同。

连续三天，我几乎都蜷在"与你相逢"客栈。一天两顿地到隔壁客栈就餐，上午 11 点左右的午餐，下午 5 到 7 点间的晚餐，每回都固定点一盘清炒茼蒿、一小碗白米饭。每回也都只有我一个人，长雀斑的男孩为我端上茶水，拿来菜牌，写下我所点的菜，接着进帐篷。炒菜的是母亲。几分钟后，男孩端来饭菜，说声"你慢慢吃"，或者什么都不说，便又进了帐篷，或者坐到帐篷口处的一张矮凳子上，安静地等着。每回结账时或离开前，他母亲总要从帐篷里走出来，亲口对我说上一句感谢，其他的话也不多说。我每回都会将饭菜吃得很干净，感觉不多不少，刚刚好。虽然菜炒得很好，但我并没有多少味觉，只是觉得这是我唯一还愿意吃的菜。除了素菜，我似乎吃不下任何荤菜；而除了茼蒿，我似乎又吃不下任何其他的素菜，好在这儿每餐都有茼蒿供应。吃罢出来，我会稍微犹豫要不要散散步，走一走。可每回走不动几步，就又决定还是回客栈罢了。

张志弢打来两次电话，一次是在酒吧里打的，让我过去一起玩，另一次是让我一起去吃烧烤。我都没有去，明明答应过的事，要找理由回绝让我感到特别困难。他说你干嘛呢，没事就出来一起玩吧。我不能说：我正无所事事，只是没有心情玩。我索性谎称自己已经离开了大研古城，住到了束河。张志弢半信半疑，能感觉到他不是太相信。我撒了个不怎么成功的谎，甚至可能伤害到这份友谊——我非常想珍惜的一份友谊。但我原谅了自己。除了原谅自己别无他法，因为我根本无法去做任何补救的行为。我白天黑夜都无所事事，却无论如何也打不起精神去玩乐。时间对于我失去了它原有的均匀，有时可用毫秒来计算，有时又可用小时计算；比如有时我觉得过了很久，甚至还睡了一个长长的觉，做了一个非常漫长的梦（醒来后，梦境里的一切七零八乱，模糊不清，只知道格外漫长），可看看时间，前后加起来也不到半小时。有时我以为只是发了一会儿的呆，或只是打了一个盹，却已经是深夜了；因为反正都是无所事事，所以对于时间究竟是怎样前行的，以及究竟是白天还是黑夜，也都无所谓了，懒得去在意；感到饥饿的时候，我会用电炉烧开水，泡杯燕麦片来充饥；所幸我从S城带来了一大袋的燕麦片。

我在这般混乱的时间感中度过了三天。在这三天里，我对一切外界都失去兴致，甚至包括与男孩本人的聊天，我也兴致不大。他用一种叫做飞信的聊天工具加我为好友，我的手机没有上网，但可以通过移动短信与他信息往来。他完全没有像我这样，处于犹如生离死别后的状态；他仍憧憬着下一次的聚首，并憧憬两年后的暑假，在他高考过后，出国之前，能与大家伙再次结伴去畅游西藏，也还请格布带队。男孩如此遥远的憧憬，反倒是让我在心里确认了我与他极可能永远不会再见面。我敷衍着赞成，而内心却被确认和绝望吞噬。男孩告诉我，他开始在备考雅思，为两年后出国做准备。既然已确定了这条道路，那他已毋庸置疑会去国外读大学，不仅因为他家人一早就有这样的安排，更因为国外大学的摄影专业远远胜过国内的，无论是从器材还是从技术手段。他已初步选好两三所在摄影专业出类拔萃的大学，这将成为他高中时期的奋斗目标。他说这趟旅游不仅玩得非常开心，还给了他无穷的动力，让他信心满满。我阅读着男孩的一条条信息，并无好奇，也无惊讶，似乎一切早已在预料之中，似乎一切对他都本该如此。我会对着手机屏幕发呆，脑海却不断在浮现男孩身在象牙塔内的情景。我恍惚能看见走在校园内男孩的身姿、步伐、脸上的表情，甚至是他睫毛的颤动，鼻翼的呼吸。他打篮球的情景。他看书的情景。坐在课室，他的手指如何灵活地转动圆珠笔，举手投足如何带动影子的变化——我总是把他想象成和阳光在一起，或窗口射进的点滴的阳光，或户外大片的阳光……栩栩如生而又遥不可及。每到这时，我的眼睛就会不知不觉地湿润，直到流出眼泪来。强烈的爱与思念，以及爱而不能之间的巨大矛盾，使我聊天时小心谨慎，难以言语，文思枯竭，只想早一点结束，好让自己能够继续沉浸到发呆中去。

相比较而言，我更愿意到休息室翻翻书册，以使自己疲惫不堪的身心和大脑都少受些折磨。在客栈大院靠近宅门处，有一间20来平方的休息室，里面有柜架、石砌的吧台、铺着暗红色绸缎的桌椅，以及摆放着一些报纸与书册的书架。客栈的接待人除了那个热情的女人，还有一个不太说话的30来岁的男人。两人轮换着上班。男接待员曾拿来一本菜谱，说若要喝咖啡的话就叫他。也就是说，在旅游旺季，这里会作为咖啡厅营业，但因现在是淡季，因而没有专门的服务员，由客栈接待员兼顾着。休息室内基本都空无一人。摆在书架上的书册不多，两排，四五十本，但类别很多，包罗万象，基本都是带点小资情调、适合随手翻阅的书册。与其说我想看书，不如说我只是想翻看画册，想找些优美的画来看。少女时期对美的敏感，让我跟着一个学美术的同学学了两学期的绘画。我曾经很想把绘画发展成我的第二大爱好，也曾报名业余学习，可惜最终没有坚持下来，但心情不好或烦躁不安时喜欢赏画却成了我比较固定的一个癖好。我看完了仅有的两本画册，一本是风景的摄影集，另一本是几个画家的油画选。接着，我发现了一本引起自己兴趣的书：《水知道答案2》，薄薄的一本，半新不旧，里面有许多水结晶照片的插图，文字的内容也很新鲜，而且文字简洁优美。

征得男接待员的同意，我将这本书带出了休息室，坐到院落里的其中一架秋千上阅读。我将几乎整个身体都缩进了秋千的箩筐里。箩筐里面布置得很温馨，铺了一层软垫，还有一个小抱枕。我半坐半躺，身心舒适。书中讲述着水、水结晶、江河湖海、波动、音乐等等。作者是一名日本的医学博士，用拍摄到的大量水结晶照片，来证明水这一构成宇宙和生命最主要（70% 的比例）的元素，不仅具有记忆、复制等能力，且具有情感、情绪；能通过不同形状的结晶呈现出来。音乐具有治疗的作用，不同的水波形也具备不同的治疗功效，并通过水知道生命的奥妙，来阐释生命应该像大自然界的流水一样，处于天然而和谐的流淌状态。

书中穿插的水晶图片看起来非常美，均是六边形，但花式各不相同，就像一个个被精雕细琢出来的水晶饰品，据说是水在面对不同语言、文字或音乐状况下，所呈现出来的。我相信这些都是水真实的结晶，甚至是水情感状态的表现，但是否这种形态就代表作者所认为的这种情感却不尽然。无论如何，这是一本很有意思的书，让人感到自己所生存的宇宙充满太多不可想象的奥妙，而我不由自主对这本书的作者满怀好感，因为他与男孩一样迷恋于摄影。或许从今以后，我会对所有迷恋摄影的人，都满怀好感。

之后，我还看了另一本书，《西藏生死书》，一本对我来说多么及时的书，像雪中送炭一样及时，像一剂止疼的良药，在我疼痛的不知所措时，连同一杯温开水，一起送到了我的面前。这是一本宗教书籍，以十分流畅而优美的文笔，慈悲、仁慈、友善而亲切地讲述着佛教中的生生死死。我没有看完，一来因为书本太厚，我缺乏足够的心力去看完；二来，我不是宗教徒，越到后面离我越悠远。我流连于前面的几章，与我目前的状况紧密相连，是我正急需的良药；尤其是论述"无常"、"反省"、"改变"和"心性"的这些章节。我的转述远远抵不上这位仁慈、智慧的大师简明而精妙的讲述，那么，不如让我直接选择这扣动心弦的片段来念给你听：

"我们总是认为改变等于损失和受苦。如果改变发生了，就尽可能麻醉自己。我们倔强而毫不怀疑地假设：恒常可以提供安全，无常则不能。但事实上，无常就好像是我们在生命中碰到的一些人，始时难以相处，但认识久了，却发现他们比我们想象中来得友善，并不恐怖。

请如此观想：很讽刺，了悟无常是我们唯一能确信不移的事，可能是我们唯一永恒的财产。它就像天空或地球，不管周遭的一切改变或毁坏得多厉害，永远不为所动。比方说，我们经历了锥心刺骨的情绪危机，整个生命几乎都要解体，丈夫或妻子突然不告而别……尽管如此，地球仍在那儿，天空仍在那儿。

……

科学家告诉我们，整个宇宙只不过是变化、活动和过程而已——一种整体流动的改变：

每一个次原子的互动，都包含原来粒子的毁灭和新粒子的产生。次原子世界不断生灭，质量变成能量，能量变成质量。稍纵即逝的形状突然出现，又突然消失了，创造一种永无尽期、永远创新的实体。

除了这种变化无常，人生还有什么呢？公园中的树叶、阅读这本书时的屋内光线、四季、天气、一天的时间、走在街上擦肩而过的人，哪一样不正在改变呢？还有我们自己：我们过去所做的一切，今天看来不都是一场梦吗？与我们一起成长的朋友、儿时玩耍的地方、我们曾经信守不渝的观点和意见，全都抛在脑后了。此时此刻，阅读这本书对你似乎鲜活真实，当时，即使是这一页也很快就会变成记忆。

我们身上的细胞正在死亡，脑中的神经元正在衰败，甚至脸上的表情也随着情绪一直在改变。我们所谓的基本性格，不过是'心识的流动'而已。今天我们神清气爽，那是因为一切都很顺利；明天就又垂头丧气了。那一份好的感觉哪里去啦？环境一改变，我们就心随境转了：我们是无常的，影响力是无常的，哪里也找不到坚实永恒的东西。除了这种变幻无常，人生还有什么呢？"

是的，孩子，有时书籍就像良药一样能缓解疼痛，甚至能像止疼片那样立即止疼，虽然也许只是暂时性的，却药效迅速。受着书中的启迪，我一次次闭上眼睛，运用一种可以叫做"意念疗法"的方式，来减轻少年樊颢离去留给我的失魂落魄和痛楚。我想象有一座很美的花园，里面种植着一些花，一些菜，有篱笆，有树木（大概是梨树、李树、桃树这些我儿时常见的不高大也不粗壮的一类树），四周有芦苇，有荆棘，也许还有一些爬行在当中的昆虫。这其实是一座普通不过的园子，但却又是那样美，天高云淡，微风轻拂，带来满园的阳光与花香。

我与一只小猫，一只黑白毛的小花猫，正在那间园子里愉快地嬉戏着。我是那样欢乐。那只可爱的猫也是那样欢乐。它奔来奔去，我亦跑来跑去，奔跑着，欢笑着，嬉闹着。然后，这只黑白的花猫背着我，向着柴门的方向走去。它正一步一步地向着出口走去，寂静，无声，我目睹着它。它终于还是走到了出口处。它回了一次头，看到我正微笑地看着它，然后它便头也不回地走了出去，消失了。我收回视线，转身，闭上眼睛做深呼吸，我闻到花园依然清香，闻到阳光与云朵的味道。睁开眼睛，我看到整个花园依旧如此美丽，白云在蓝天下飘荡，一如往常让人心旷神怡……我一遍遍地想象，似乎每想象一遍，层层包裹的疼痛便减轻了一层，直到我恍惚真的能清晰地闻到，在小花猫离去后，花园中那依旧云卷云舒、风轻云淡的味道。

我将小腿伸到箩筐的外面，轻摇着秋千。孩子，我就在此时此地看清了自己的血液，里面流淌着传统而忠实的千年文化；我像一只待孕的母猫般昏昏欲睡。

三天后，在男孩离开后的第五天，我终于有所恢复。当然，孩子，要从这样一场如痴如醉的迷梦中彻底醒来，并没有那么容易，但从今天开始，我终于对外界有了一点兴致。我的味觉，也不再只接受那已重复了八顿的茼蒿，它甚至开始主动想要品尝一些美味。我自然乐意满足。我洗了头发，用风筒吹干，坐到镜子前做了一番梳妆打扮，背上灰白色双肩包，戴上了灰色的毛线帽。十几分钟后，我来到了美食广场，吃着培根莴笋、煎炸豆腐、串串烧，我又品尝出了它们的美味。

夜幕降临，一盏又一盏红色的灯笼亮了起来。那些越是灯笼多的清吧，越是显得生意萧条。一排被灯笼照着的翠竹，像藩篱般将行人的视线阻隔，要仔细看，才有可能发现里面原来坐了二三个正饮酒聊天的客人。我在闲逛，一切又像是回到了最初；只是多了一份狂欢过后的落寞。耳边仍又飘荡起熟悉的"滴答滴答"的歌声，似乎能给人一些安慰，将落寞感减轻。经过一段较长的没有音乐而沉寂的青石路之后，前方又传来了男性的歌声，低沉、磁性，像灯光伴着心情一般飘扬出来。

我放慢脚步，犹豫了几秒，走了进去；一半被歌手那咛喃而磁性的嗓音吸引，难以抗拒；一半出于无所事事。这是一间再小不过的酒吧，比淘碟店稍微大一些，仅足够摆放三张小方桌，我成了里面唯一的客人。唱歌的是一个小伙子，二十六七岁，戴着黑边框眼镜，坐在吧台内的高脚椅上，一边抱着吉他弹奏，一边对着麦克风歌唱。另有一个敲鼓伴奏的男子，年龄稍大一些，30来岁，扎一撮小辫。见我进来，伴奏的男子停了下来招呼，与此同时，从里面布帘后走出来一个20来岁的女孩，给了我菜牌，并点上了一小截红烛。我点了一杯卡布奇诺咖啡。女孩很快就又撩起布帘，进了里面。伴奏的男子与我简短地搭讪了讪，问我从哪儿来的，哪里人。我一一回答了。唱歌的男孩把歌唱完，也加进来一起聊了聊天。他们一唱一和地夸我长得漂亮，并赞美起我的家乡。也许只是礼节性的；但被人夸赞总是件愉快的事，而且他们并不油滑，始终都是诚恳而又憨实的样子。他们问我是否一个人出来旅游。我回答，是一个人出来，但在这里结实了几个朋友，跟他们住同一家客栈。这样回答的时候，心中倍感黯然。

女孩端上了咖啡。两人接着弹唱下一首曲目。我一边聆听，一边看着桌上的烛火发呆。我其实并不想说话，只想静静地听听歌。两个男孩一直比较热情，每唱完一首歌，都会停顿片刻来跟我聊聊天，告诉我他们的音乐梦想。他们说音乐是他们的生命，所以一直在坚持，也曾四处流浪。唱歌的男孩曾在 G 城歌唱过一年，半年前来到丽江，同时为两家酒吧唱歌，虽然辛苦，但只要有歌可唱，他就觉得很满足。在淡季，这间小吧基本没有生意，老板也是与他们一样酷爱音乐的人，为梦想苦苦支撑。我内心为此感动，但没太表现出来。唱歌男孩问我想听什么歌，我点他唱。我便点了几首我所喜爱的歌。男孩拨动琴弦唱了起来。他的声音确实别致而动听，情感饱满，甚至胜过那些业已成名的歌星。

我在歌声里思念男孩，静观面前的烛火，几乎要流下泪来。他们大约看出我情绪低落，尽力调动我的热情。伴奏的男子一直要我坐过去，教我打鼓。我推辞了几番，鉴于他的执着，还是坐了过去，跟他学了学打鼓。他介绍说那名叫洋鼓，接着便一遍又一遍耐心地教我击打的方法。可惜我始终提不起兴致，辜负了他的一番美意。到九点钟，唱歌的男孩下班，将赶往另一家酒吧。来接班的是酒吧老板本人。唱歌男孩说将我的账记他的账上，就当他请了。我自然是没答应，自己结了账，离开了酒吧。

孩子，时钟依然在滴答滴答地向前而行，永远不会向后倒流。生存在这个星球的所有生命，都不得不接受这一残酷事实。我感到自己就好像一艘漫无目的、岌岌可危地飘荡在大海之上的小船，忽然一个巨大的浪花打来，将我带向幸福的快乐的顶峰。我徜徉在顶峰，在顶峰流连嬉戏，享受着海花簇拥的愉悦，并看到这世间最美丽最令人沉醉的景象，然后海浪过去了，我经历了随之而来的可怕的恐慌、失重、被摧残般的疼痛。现在，浪花已经随着海浪远去，我恍惚自己是在现实中做完了那一场梦境中的梦。我是否该心满意足地醒来？梦过无痕，孩子，我该向着哪个方向继续前行呢？当我睁开眼睛向上方凝望，我便又看见了你，一如初始的模样……

第十二章

房屋可以毁于火灾，财产可以沉入水底，父亲可以长途跋涉归来，王国可以崩溃，霍乱可将整座城市吞噬，但是一个少女的爱情还会继续飞翔，就像大自然循环往复，就像化学上发现的那种强酸，如果地球不能将它吸收，它就会将地球蚀穿。

——巴尔扎克

孩子，今天我起了个早，乘的士来到长途汽车站。我把密码箱寄存在了客栈，只携带了帆布袋和背包，疾步地走向售票口，对售票员说要买前往宝山的车票。售票员说没有。我问是一直没有，还是就今天没有？售票说，一直没有，现在更没有，并不耐烦地让我看身后的公告牌，所有能到达的目的地都写在了上面，让我赶紧挑一个。我回过头，犹豫地挑选了泸沽湖。售票员说，泸沽湖，是吧？又催促道，剩最后两张了，到底要不要？我怔了怔，最后还是说了一句，那要吧。

拿着车票，我感到一阵失望，因为与目的地相背。除了前往求子洞，我没有其他游玩的心情，但既然已经带着行李出来，再回去继续窝在客栈，又是我不愿意的。我茫无头绪地找了个僻静角落发呆，接着去了躺厕所，回来的时候，广播已在提醒前往泸沽湖的乘客检票上车了。我跟着队伍上了车。满车座无虚席，游客们兴致勃勃、谈天论地，这气氛让我慢慢泛起了几分憧憬，我在心里安慰自己：既来之，则安之。

车驶出车站，天气依旧晴好。自从来丽江后，丽江已连续20天这样的好天气了。孩子，我们将前往的地方，是一个有着广阔而幽美湖泊的地方，据说那里住着以母系为传承的摩梭人，实行"男不娶，女不嫁"的"走婚"制度，对于汉人来说，这样的习俗神秘、浪漫、诱惑又颇耐人寻味。或许，我正好可以在那儿对你讲述爱情。直到现在，我都还没有对你述说过爱情——这一人间璀璨的珍宝，这一人人渴求的珍宝，这一照耀世间的珍宝。我必然会对你讲述它，既然我对你讲述这个世界，就不可能不讲述到它。据说泸沽湖正是爱情的天堂，在那里流传着许多美丽动人的爱的传说，那么我正好可以在那儿对你讲述。转此一念，我的心开始安定了下来，憧憬更添了几分。

从丽江到泸沽湖，里程约250公里，因山路的缘故，仍需行驶上七八个小时。我买的是最后的车票，位置在最后排，五人座居中，可以说是最糟糕的位置了；左右均不靠窗，不便于观景；而我兴趣也不大，索性双臂抱胸，垂头闭目地假寐。在我的右侧，是一对头发花白的老夫妇，男老人在与前排的妇女搭讪，说夫妇俩都是退休了的，都已古稀之年，趁着能走动，就想到处看看祖国的大好河山；妇女赞叹地表达自己的钦佩之情。而我的左侧，是一对30来岁的男女，相识，但不熟络。靠窗的女子活泼风趣，正洋洋得意地向男子细数自己的逃票经验，说她花20元搞来一张假学生证，先后为她省了将近一千块钱，实在太划算了，下次她还想再办个假聋哑人的残疾证；尽管她看起来没那么小了，但她的演技可是非同一般的。她说她从不觉得自己这样做有什么不对，景点本来就是属于公众的，不应该收门票，定价还这么高；她投诉无门，只能自己想点办法了。旁边的男子热烈地表示赞同，抱怨门票设置的不公，他说自己是每年都要出门旅游一两回的，不然一直待在大城市简直有种活不下去的感觉，这些年都不知为门票花了多少钱。两人一唱一和，谈兴极高。我聆听了一阵，困意渐浓，昏昏然近乎睡去。男子用手指推了推我的手臂，让我醒醒。他说，嗨，醒醒，醒醒，别睡着了，你看看外面的风景多美啊。我醒了过来，与他搭讪了两句，探身看了看窗外。车正行驶在山间小道，两旁密集的银杏树煞是黄艳。但不到一分钟，我便困意难掩地再次闭上了眼睛，又再次被男子推醒。如此反复了几次，男子见我果真就想睡觉，便不再打搅；他很奇怪我怎么如此能睡，能从始点睡到终点（除了中途午餐、购买泸沽湖门票外），一路美丽风光，都被我睡觉错过，甚是可惜。我也不明白今天为何一直如此渴睡，大概之前很长时间都处于剧烈的亢奋状态，到现在才终于有所松弛吧。

在关卡购买门票时，靠窗的女子（自称月月）又一次用假学生证成功购得了半价票，节省了50元。她兴高采烈地摇晃着手中的学生票，得意洋洋。黄昏时分，车到达大落水，由游客们自主搭车到里格村。我跟着后排的人，与他们一同上了路边的一辆小三轮车。司机还不肯出发，说是一定要上齐六个人；不久，一个戴黑框眼镜、长卷发的女孩拖着行李走来，其他人连忙招呼，等她也上车了，司机这才一踩油门出发。车厢内，大家相互寒暄，互报家门。当他们问我叫什么名字时，我犹豫了一下，报出了"小寓"这个名字。这个陪伴了我半月之久的名字，此时此刻仿佛便是我一直以来的真名，让我感到既熟悉又贴心。几次将我推醒的男子叫Kelven，报的是英文名。最后上车的女孩叫陈曼，来自与男孩同一个城市——当她报出这个城市名时，我的心不由自主地跳了一下。两位老人，退休前都是教师，男老人教高中的数学，姓刘；女老师教初中的语文，姓龚，我们便分别称呼为刘老师和龚老师了。

车到达里格村，精明的月月已预定好一家便宜的客栈，声称她已经比较过了，绝对是这里性价比最高的一家，让我们跟着她一起去。我们便都跟了去，是路边一家很普通的客栈，干净简洁，价格确实便宜。阿曼与我要了普通双人间，经过讨价还价，每晚60元。进了房间，里面干净舒适，配套也还算齐全，我的第一感觉是60元一晚相当划算。孩子，旅游这么多天以来，第一次与陌生人共寝一室，并没有想象中的不适；似乎我已经能够坦然地融入人群，而不再像出发时那样，有种强烈的想要绝缘的异类感。对这个叫阿曼的女孩，我内心似乎倒挺想去接近，大致跟她长相柔美、又与男孩来自同一城市有关。她的性格应该跟我比较接近，偏内向，不太爱说话，但柔和、友善；无论如何，我对与这个陌生女孩共居一室颇感满意。

　　放好行李，我与阿曼便一起去湖边走了走。阿曼说这是她第二次来泸沽湖，所以感觉很熟悉，很亲切，上一次是在3年前，当时是初夏，感觉要比这时候更美，湖水和岛屿还要更绿些。我们踏上水面上搭建的木筏，感受着黄昏湖面的寂静与幽美。是的，孩子，我说过我早已见过许多漂亮的水，因而这里的水——尽管它是那样碧蓝——并没有引起我神经中枢的兴奋。我与阿曼不约而同地表现出了一种重归故里、老朋友式的观赏心态，不约而同地没有赞颂它的美，而是赞颂它与世隔绝的诗意般的幽静。夜幕很快降临，整个湖面及远山都被染上了一层黛色，我与阿曼也被染成黛色，变得恍如身影一般。当天色再暗下一层，视线便有些朦胧了。整个过程的时间极短，也就是说，我们在木筏上没呆多大一会儿，还没来得及将身心沉浸于山水，就不得不匆忙地赶在天黑之前离开了。

夜晚，除了零星的灯光，整个村庄都淹没在无边无际的黑暗中。村中仅有的一条小路，也是半明半暗的。阿曼带着我去到一家烧烤场，据说那家烧烤场在网络上很有名气，不仅味道好，还因为店主是一个20年前因帅气而出名的康巴汉子。当我们找好座位准备坐下时，却发现月月、Kelven 和两位老师也正坐在里面，已经在边烧烤边吃了。他们热情地招呼我们赶快过去一起吃，我们便不客气地加入进去了，叫来服务员，加了碗筷，又加了几道食料。整个烧烤场都弥漫着热腾腾的烟雾，以及食物诱人的喷香。我们没有见到那位据说20年后依然倜傥风流的康巴汉子，也完全忘了那回事，一边烧烤，一边吃喝，顺带商议第二天的行程，决定明天一大早租船去岛上看日出，然后绕湖徒步。

吃罢，一行人开始沿着村里唯一的路，向山的方向散步，走出数十米，前面便不再有灯了，漆黑一片，只能掉头往回走，或者找个角落站定下来，于漆黑中聊聊天，赏赏夜色中的湖泊。其他人逗留了下来，我与阿曼直接返回了客栈，时间尚早，不到九点。我简单地洗漱了下，便打开被褥，躺在了床上；阿曼也坐到了床上，将随身带的笔记本电脑打开了来，搁在腿上。我们聊了会儿天，我有意问了问有关她所在的城市的情况，比如现在的气温，冬季什么时候会下雪，有什么景点，诸如之类，阿曼一一简洁地回答着。聊完这些，彼此间便似乎没什么话题了，我也感到了困倦。阿曼说，你要睡了吗？你要睡的话我来关灯。

我说，没关系，开着吧，对我没有影响。但阿曼还是趿着鞋就去把灯关了。她还未睡，对着无声的笔记本在看。那么，好吧，孩子，今夜提前晚安了……晚安，孩子。

今天，我们起得非常早，不到六点钟，气温非常低，超出我的预料；为了省事，我将厚厚的羽绒服留在了丽江，只带了薄毛衣、薄外套，根本不足以抵挡这样的寒冷。阿曼新买了两件毛毯式的大围巾，一条借给我，一条自己披着。出发的只有我、阿曼、月月还有 Kelven；两位老师因为看过几次日出，兴趣不大，没来参加。租的是一条叫做糟粕船的小木船，划船的是一个年轻的摩梭女孩，穿着当地服饰，比较腼腆，很安静地划着船。因天色尚早，灰蒙蒙的，视野里模糊一片，大家都还有点没睡太醒的样子，被寒冷冻得个个缩着身子。待船靠岸，登上岛，东方黑压压的云层中，才刚乏现几缕红霞。我们在岛上待了近半个小时，刺骨的寒冷冻得我一直抖个不停，其他人也都冻得脸青鼻红，勉强看完了日出，拍好日出的照片，便急急撤退，登船返回。

返回的途中，因为有了阳光照射，加上没有了岛上的寒风，逐渐不再那么寒冷。随着太阳升起，乌云散去，光线也充足、明亮了起来，船上比去时热闹。月月对这里的走婚制度百般好奇，索性坐到了女孩的旁边，问东问西；女孩不再那么拘束，变得几分活泼，用乡音较重的普通话解说着。不久，她主动指着岸边的一座山，说起山的名字，以及山的由来。那座山名叫格姆女神山，来自一个古老的传说。传说很久以前，此地只有一片又大又蓝的湖，没有山，一个叫格姆的女仙经常与众男仙乘夜色来到这里，沐浴，谈情说爱，在雄鸡报晓前飞回去。某夜，因为格姆来得很晚，他们欢快地嬉戏，流连忘返，以致过了时辰，再也飞不回去了。于是，格姆女仙化作格姆女神山永远留在了这里，而众男仙也化作了山，簇拥在她的周围，就是坐落在女神山两旁那些叫做哈瓦男山、则支男山、阿沙男山等的山。这个传说咋听来平淡无奇，跟大多数传说相仿，但月月的一句感叹，却使它似乎瞬间就化腐朽为神奇了。月月说，这么美的地方，要是也有人能跟我一起流连忘返，那我也宁可留下来不走了。当月月说完这句话的时候，我注意到阿曼微微地笑了笑，是那种嘴唇微微抿起、仿佛在思索中油然乏现的微笑，一种非憧憬，而更似来自于记忆深处的微笑。当这微微的笑在脸上沉落之后，阿曼的神情瞬间变得似有感伤，微倾着头，几分怅然地望着未知的水域。我移开了视线，想或许只是自己的错觉，我把自己的心境移情给了阿曼，以至如此分析她的表情。我想对月月说，留下来是传说，未留下来才是现实。但我并没有说出来。湖面上飞来几只白色的水鸟，阿曼像是想起什么，从背包里掏出已经备好的面包，撕成屑，洒向水面，鸟儿们竟一下飞扑了过来。阿曼又将备好的饼干抛给其他人，大家一起用食物招引起鸟儿来。鸟儿越聚越多，似乎整个岛屿的鸟儿都聚集了来，有数十上百只，或远或近地围着船儿扑腾，一会儿争抢互夺，一会儿又自在飞翔；可以说，这么一大群非常可爱又贪食的水鸟，给我们带来了一个十足欢快的清晨。

吃过早餐，接着便是绕湖徒步，我越来越确认阿曼的状态确实与我很接近，那就是沉溺在美好、难忘的记忆里无可自拔，对周围的景物并没有浓烈的欣赏兴趣，而只想身处此地的幽寂，去回味已经逝去的过往。月月与 Kelven 走在前面，一路大声谈笑，我们有意落在后面，与他们拉开一大截的距离，只能偶尔还听到月月随风而来的嬉闹声。我与阿曼的话越来越少，到后来完全沉寂，都尽情地、放任地沉溺于自己脑海中的世界，自己与自己在脑海中无声对白。是的，孩子，我在回忆男孩，从最初的一见惊心到最后的仓促别离，我将所有感动我的细节都仔仔细细地回味了一遍，就像将我们一起赏阅过的生命画卷从头至尾再细细地观摩了一遍，然后我收起画卷，想到了自己，我感到已经到了该考虑自己的时候了。

　　越近中午，阳光越加猛烈，为了遮阳，我们都把围巾披在了头上，紧裹着脸，如此一来，我俩变得就好像修女一样——大概修女的静寂也不过如此罢。我们继续前行，继续回忆与思索。太阳变得近乎毒辣，月月表示她已经受不了了，再走下去她的皮肤要被晒伤了，于是大家决定终止徒步，返回里格村。阿曼不愧是来过的，她说有一条近路，比原路返回近得多。我们于是在阿曼的带领下，穿过一条很不好走的荆棘遍野的山路，来到山脚。呈现在眼前的是大片的农耕地，有村民在制作猪膘肉。我们好奇地跑近去瞧了瞧。几个村民正在鼓弄一只被屠宰了的猪，场面颇有几分血腥。穿过冬季荒芜的农耕地，没多久我们便回到了村庄。

　　在一家农家饭店吃过午饭，回客栈午休。一觉醒来，阿曼已经起床离开房间了，看看时间，已经四点多，我居然一觉睡了近三个小时。床头留了张便条，写着：小寓，看你睡得正香，我就不叫醒你了。我现在去里格岛上逛逛，你可以来岛上找我，或者等我回来一起吃晚饭。我背上相机，走出了房间，想一个人地逛一逛。一来，倘若阿曼确实如我所猜测的，是来这里寻找回忆的，那么何不留给她一个人静静地去回味的自由呢？二来我也想一个人地静一静，继续思考上午未思考完的。我终究是个喜欢静静地独处、静静地思考的人。来到湖边，孩子，我敢说这里的水可以与我见过的最美的海水相媲美，清澈的好似水已不存在。水中一簇簇悠悠长长的水藻，好似镶嵌在完全透明的玻璃中，从根底到叶尖儿都是同等程度的清晰。我把相机贴近水面，拍摄水中姿态纷呈的水藻，效果就好似镜头是安装在水底下一般。我兴致勃勃地拍了一阵，沿着曲曲折折的木桥，信步向前。眼前的别墅群落看起来像是较为高级的休闲度假区，或是淡季的缘故，沉寂无人，穿过长廊向里前行，到尽头，临近湖泊的地方，像是露天小酒吧，设在树林中，摆放了两张小圆桌，几张藤椅。桌椅都很残旧，像是废弃后久无人管理。我感到此处正中下怀，只是用手一摸，藤椅上的灰尘不小，用纸巾擦了擦，方能坐下去。

　　我背靠椅背，将两只脚伸向桌面，这样的姿势对于一个女人来说着实不雅，可既然不会有人到访，又有什么所谓呢？我扬着头，后脑勺抵着椅背的顶端，微眯着眼地端详着树梢上的太阳。阳光算不上刺眼，风有点儿凉，略感到些冷，但尚可承受，鸟儿的叫声很脆。两三只黑色的鸟儿在树枝间来回。是的，我的双手正插在蝙蝠衫的口袋里，左边的口袋是空的，右边的口袋里装有东西，没错，就是数天前在路上采摘的那几颗红豆，我的右手正在右口袋里握着那些红豆。我拿了出来，两只手一起数了数，一共七颗。我后来又扔掉过三四颗，现在所剩的都是风化的比较好的，只要用点心，也许能够一直保存下去。我低头注视着手中的七颗红豆，一种决绝的心绪逐渐在心头升起。是的，孩子，一切都太美了，因为极端的渴望与深情，使我所见到的生命风景呈现如此美丽，但我现在不得不与这太美的一切作别。我不能——不能把自己继续困在这个境地。这将是一场生与死的较量，关乎我的生与死。

是的，孩子，我想我已经清醒了，我已经看清你编制的牢笼，我必须从这牢笼地逃脱出来，必须隔断对你的爱，对你的沉迷。我必须清醒地承认你的虚无。虚无意味着完全不存在。孩子，你并不存在，现在只有我一个人，一个完全失去自己的人。你长久的虚无帮我摆脱了曾经那个悲观乖戾的自己，可是，这并不能帮我建立新的自己，不是吗？我已完全失去自己。这很可怕。现在的我就好像一俱空虚的肉体，日日夜夜空虚地与你相伴，日日夜夜呼唤虚无的你。我的灵魂已经离我躯体越来越远，我就坐在这儿，却不知道灵魂飘去了哪里。孩子，这是多么可怕。对于现在的我来说，原来最大的问题不是你是否到来，而是我能否找回自己，找回一个崭新的自我。

我将不得不以决绝的方式，来结束这份情感。决绝，带着残忍，包括对男孩的情感。我将以结束对男孩情感的方式，来结束对你的情感。我将结束这份沉迷，犹如我不曾爱过，犹如我真的只是做了一场漫长的梦，我必须从这样的梦中醒来，同时隔离对梦中情感的牵挂，唯有如此，我才可能找回我自己，找回那个以文字为生命的自己。是的，孩子，那才是我，才是真正的我，就像男孩说的那样，从一生来便已注定，失去了它，就失去了自己。

孩子，我知道，将红豆埋于这样的土壤，这样的季节，它们只会腐烂，被大地吸收，而不是在来年生根发芽；正如我对你这漫长、深挚的情感，终究只换得一份记忆、一场虚无一样。孩子，我将埋葬红豆，犹如埋葬对你对男孩的情感。我正在用手挖掘生硬的土壤，我将在此时此地温柔、绝情而又残忍，将它们埋葬。这是我在采摘的时候万万没有想到的。可是，这并非冲动，而是我能想到的最好的结局——你跟着我来到云南，而我将在云南把你遗弃，遗弃在这彩云之南的土地，与我对男孩的这段迷恋与情感埋葬在一起……掩埋，就像一场庄严的仪式。

我们完成了这一仪式……是的，孩子，我再一次触碰到了你的冷漠……冷漠、天真，永远像无忧无虑的初生儿，像石头，像流水，像天空，天然而无情。这样很好，所有有过的欢欣、深情、向往、依恋，都是我强加给你的，其实与你无关。这样很好。我第一次觉得这样很好。

其实你并不存在，从不曾存在，让我摒弃过去的，让我丢失自己的，都是我自己……一直以来都只有我自己而已……你从不存在……

然而男孩是存在的，是真实的，这段我在深谷底所看到的最美的风景是真实的，它将永远被珍藏在我的记忆里，像一盏永远温暖、明亮的灯；我将永远铭记这绵长的美好的体验，以对抗深夜的无助，对抗一切悲观的残余。

当我离开的时候，湖边的风变得异常阴冷，天很迅速地变黑，我感觉自己就好像在逃跑，害怕自己被寒风冻僵，害怕在天黑之前还回不到有灯光的地方。我逃跑般地往回跑，直到见到光亮才慢了些下来。阿曼正在亮着灯的楼下等我。我上楼去穿上了外套，披上了围巾，重新下楼，与阿曼一起外出吃晚餐。这回仍旧是吃烧烤，但不是在烧烤场，而是另一家小饭店。我们还要了一小壶酒精量很低的米酒。阿曼说，上次来，她与一个异性旅伴一起喝过好几回，说是这种米酒是专给女孩喝的，不会醉人。我们聊到了那位异性旅伴，英文名叫 Rocky，是一位真正的旅行爱好者，走过国内外很多的地方，现在仍然在路上；但也只是点到为止。

我们所坐的位置在饭店的门外，也即是村中唯一一条路的路边。一边吃，一边瞅见游客们三三两两地结伴而过，多数都是同一个方向。

阿曼说今晚应该是有篝火晚会，问要不要去。我说好啊，一会去看看。吃过烧烤，喝完小壶的米酒——差不多是阿曼一人喝光的，顺着小路来到篝火晚会现场的门外，人还不多，晚会尚未开始。因为不想提前入场，我们便又折了回来，爬上一堵菜地的围墙，坐在上面一边聊着天一边等，然而就这么一聊竟聊了一个晚上，直到篝火晚会结束，我们还坐在那儿意犹未尽。

基本上都是阿曼在说，我在聆听。阿曼用一个晚上三四个小时的时间，将自己三年前发生在泸沽湖的那段罗曼史娓娓地向我道来——那确实可以算得上是一段很浪漫的罗曼史。25岁的她与30岁的他邂逅在泸沽湖畔，一见钟情。她举着相机对着迅速昏暗下来的天空拍摄，他走过来打招呼。他说他们应该是坐同一班车来的，他在车上看见过她。她假装糊涂，而事实上，一路上车上车下他的一举一动她都看得清清楚楚。她想他终于是来跟自己打招呼了，一切理所当然得就好像命中注定。他向她介绍他的驴友，她也向他们介绍她所结识的人，五六个人一起游玩，然后他的驴友们先离开了，她所结识的人也离开了，留下来的只有她与他。他打破原计划，为她在泸沽湖多滞留了一个星期。他们白天游玩，黑夜缱绻，形影不离，情深似海；因为明知没有结局，而爱得不沾一丝俗尘。哦，孩子——原谅我仍是这么习惯性地呼唤你，仍旧这么习惯性地仿佛你是存在着的——假如你也听到，你一定也会像我一样惊讶于一个女人的记忆能力，以及她表达情感的能力。三年前的往事，恍惚就发生在昨天，能记住任何一句对白，能毫不重复地表达出每一次温柔的触摸与感动。我不知道同样身为女人的自己是否也具有同样的能力，对于这趟感受至深的体验，倘若三年后让我回忆与叙说，我是否也能做到像她一样详尽、细腻、条理、清晰如现？

孩子，倘若三年后让我对着一位刚结识的人说起这段往事，我该如何表述呢，我该如何才能完整地表达出我曾经历过的这一切，如此强烈的愉悦感、幸福感，我对新生命的强烈渴望，以及所体验到的生命之美？我毫无把握。我想我并不具备这种能力。除了无声地向虚无的你述说外，我或许不会再向任何真实的人提起，正如今夜我只字未提。

"就因为太美，为了这份太美，我们从来没有想去改变对方适应自己，或者想改变自己适应对方，似乎一切就应该是这样，我们都竭尽全力维持它本该有的模样——即使现在回过头看，也是越来越确定那就是本该有的模样。"阿曼用这句话来解释他们最终没有在一起的原因。

因为太美，所以宁愿遵循它的自然性，宁愿舍弃。

孩子，或许这世间的事往往如此，太美的，不必永恒。唯有当你真正明白了这一点，你才能够真正理解美好的含义。

孩子，所有的这一切对于我都将成为过去，我将寻找一个新的开始——正如阿曼所说的，她一直将那段刻骨铭心的邂逅，视为她人生自我的开始。或许，也是直到现在，那个真正的自我才开始向我招手。

现在，让我来对你讲述爱情吧，虽然我已残忍地与你举行过告别的仪式，但你仍没有这么快彻底离我而去，你将伴我游完这整趟旅程；何况我曾答应过你，对你叙说这个世间的爱情。我会完成我答应过的所有的事，包括与你一起前往求子洞表达心愿；也唯有在完成所有的承诺后，我才能安心地离开——离开云南，离开你。我曾自私地把这世间的爱情，当作诱惑你来此世间的压箱底，当作我邀请你来这世间的最大法宝。现在，我已不再具有那份用心。我只是需要来完成承诺，并且确实想对你说说。尽管它被悲情的哲学家说成是"种族意识"的产物，但无论如何，在这个世间的人们看来，它无疑都是这个世间最璀璨最具光环的珍宝。今天，当我们一行六人包车游历草海、走婚桥、阿夏幽谷（阿夏，摩梭语，意为"亲密的爱人"）这些与爱情紧密相系的景点的时候，我就在脑海不停酝酿该如何向你叙说。

是啊，孩子，我该如何向你叙说这世间的爱情呢？尽管我在浸润着纯净爱情的地方游走了一天，酝酿了一天，但真正要叙说起来依然十分不易，可以说是非常困难。或许我可以从自身的爱情说起。我应该对你先说一说我自身生命里的爱情。毫无疑问，孩子，在我的生命中，骏明给了我一份长久的弥足珍贵的爱情，甚至可以说，我是获得了世间这一珍宝的宠儿，然而，我却忽略了。长久以来，我习惯忽略、质疑、甚至怀有几分恐惧不安地看待身边的一切美好；我是直到今天白天才恍然意识到这一点，意识到自己这么多年一直是真正的爱情的宠儿。这么多年来，一直有一个人，在默默地温情地陪伴着我，关心着我，扶持着我，而我却更多地沉陷在了自己悲观的世界里，接着又沉陷在对你的渴望与绝望里。而他，一如既往在默默地用自己的光与热，为迷途、寒冷的我照明，为我指引一条通往明亮与温暖的路。我在这条路上艰难而行，我以为只是我一个人在行走，我以为我是在凭借自己的努力在行走，殊不知我原来是在这份坚定的爱的力量中前行，在我的身边，一直有一份深沉执着的爱，一个少言语却温情脉脉的爱人……当我在白天意识到这一切时，我正独自走在走婚桥上，并情不自禁地热泪盈眶……

我知道，关于我个人的讲述远不足以说明这世间的爱情。这世间有太多的各式各样的爱情，凌厉得、疯狂得、痛苦得、喜悦得超过这世间的语言所能描述。它像狂风肆虐，又像音符动人；像阳光温暖，又像冰雪寒冻。它像海水蔓延过沙石一样，蔓延过每一个生命，并以各种迥异的形式，影响、改变着这世间的每一个人。可以说，孩子，"爱情"这两个字，它同时兼具将"生"转化为"死"、又将"死"转化为"生"的力量。它可以是这样一种事物：得到它时，你的世界里"一切都是欢喜、希望与光明"，而失去它时，你的世界里"一切都是苦闷和黑暗"。它不仅控制着这个世间的喜怒哀乐，而且还充斥在几乎每一件艺术作品当中。它是人类艺术的泉眼，人类绝大多数伟大而不朽的艺术都是从这个泉眼里喷薄出来。它像无坚不摧的探头，能够深入到每个人的心房，将它摧毁，或者将它温暖并照亮。它有可能被部分人淡忘、冷漠、抛弃，但人类却不能失去它，因为它就像空气和太阳一样，是人们赖以生存的土壤，是思想与灵魂之所以存在的最势不可挡的原动力。

唯有它的存在，才令一切体验成为可能。

孩子，如此的爱情自然是极具两面性的，就像魔鬼与天使的混合体。或许我们可以将它分为两类，一类是不美好的，另一类是美好的。而我想说的是后一类，因为唯有美好的爱情，才可以说是这个世间的珍宝。一个眼神与眼神的交流，一丝难掩的愉悦的微笑，或许就是这种爱情的开端。当爱情一旦开始，你的世界就将变得华美而精彩，好似戴上了一副神奇的眼镜；你将不再感到儿童般的惶恐，再不用对父母祈求怜爱。你从一整晚的美梦或无梦中醒来，知道自己拥有且被拥有，知道自己将永不再寂寞、孤独。你的一颦一笑，都将被珍视。你敞开身心，饱满而舒展地面向外界的一切，聆听鸟语、闻取花香，感受世间的一切都妙不可言。你会体验到种种无以言表的欢愉和幸福，沐浴在爱与被爱中，世界就像一座很大的盛开着无数美丽花朵的后花园。

是的，孩子，美好的爱情并不一定人人都能遇见，或许要凭借几分侥幸，更要凭借一双能发现它的美好眼睛，一颗珍惜它的美好心灵。它也许一开始就很闪耀，像宝石一样照亮整片天空；也许一开始并不起眼，像一粒珍贵却被埋藏着的种子，需要足够的时间与爱心去培育，方能长成一棵参天茂盛的树。为着美好的爱情，你必须成为一个懂得并值得爱的人，你对美好的眼睛必须澄明，这样你才更容易发现和把握，倘若你的心灵被戴上墨色的眼镜，你不仅不会发现它，你甚至已经野蛮地将它们全部践踏掉了，然后把另一些糟糕的东西当作了它，感到自己的眼前永远都是一片迷糊不清的昏黑。所以，在对待爱情这一点上，孩子，我希望你能始终保持做一只圣洁的懂得珍惜的白天鹅的姿态，而不是一只胡乱苟合的野鸭子。

假如你更加幸运，你还将可能遇到犹如文字中所描述的非同寻常的爱情，或许我可以将那形容为诗意的爱情，会带给你无与伦比的诗性的体验，甚至超过我这趟旅游的体验，将毫无疑问地对你的人生产生犹如艺术般不可磨灭的影响；使你的人生仿佛从此诗意相伴，仿佛整个宇宙都被诗意的光环笼罩。这样的爱情不仅需要运气，还需要具备足够的资格，而要做到具备这种资格就已不易，需要你不断去努力，去完善、去提升自我。而我想说的是，这个世间确实存在这样一种珍宝，与日月齐辉，比星光璀璨；它不仅值得你穿透虚无，为它而来，且值得你付出一生的努力；当你遇见或得到它的时候，你会确信所有的一切一切都是值得的，让人欣慰的。你会进一步确认——再也毋庸置疑，存在远远胜过在虚空中游荡。

最后，孩子，我不得不向你补充——因为我无法也不想堂而皇之地欺骗你，我必须说出全部的事实，正如前面所说过的，爱情同时兼具天使与魔鬼的两面性。魔鬼的爱情会使人深陷痛苦，甚至毁灭一个人脆弱的人生。在魔鬼式的爱情面前，人生时常会显得很脆弱。尤其在最初的时候，爱情的欲念开始蠢蠢欲动，而眼睛与心灵尚未学会分辨，人们常常要饱受它所带来的痛苦。因为它的外表总是极具诱惑，就像罂粟，会用美丽动人的外表诱惑你去吸食，让你上瘾，随后却又令你千疮百孔、遍体鳞伤。但是，即使这样，也不用害怕，你必须相信，这样魔鬼式的爱无法在你体内弥久，你逐渐成熟起来的心，会将它们像排毒一样地排出体外，就像毒瘾发作后总会过去，就像一场狂风暴雨，只要你不心甘情愿做一名痛不欲生的瘾君子，那么，你所经历的，所遭遇的，都将帮你更好地去辨识去认同美好的爱情。

另外，孩子，我还要告诉你，即使美好的爱情，也并不是永恒不变的。这个世间的一切都是在运动、变化着的；美好的也可能发生变质，不再美好；甚至变得面目全非；更大的可能性是它会逐渐平淡，成为不可再分离的亲情，不再具有原先那样鲜亮的色泽，却依然温暖、温馨。它不会像童话那样美好而又永恒。这个世间存在文学、存在诗意；但不存在童话。我也还想告诉你，孩子，即使爱情的滋味妙不可言，能带给你无穷的美轮美奂，无穷的体验；但是，不要对爱情上瘾，不要把爱情作为一生追求的全部，人世间，还有许多其他美好有待体验，许多梦想有待追求。

孩子，今夜，我还想要对你说些什么呢？我想告诉你，虽然我是如此爱你，如此渴望你的到来，我比任何时刻都更真诚地渴望生育，渴望像所有女人那样去创造奇迹一样的新生命，但是，我却不得不与你告别，不得不清醒地承认你的虚无。是的，你是虚无的，而我是存在的，我从未像现在这样强烈地感到自己就是一个生命，是背负着生命含义来到这世间的鲜活的生命，我不能被虚无的你所取代，所埋葬，我必须活在真实中，必须拥有自己，以无愧于所有爱我的人，无愧于我自己的生命。明天我就将返回丽江，前往求子洞，我将在那儿表达我再也毋庸置疑的坚定的愿望。我们将在那里融为一体，然后在那里作最后的告别。我们将不得不告别，直到你以生命的形式来到这个世间，来到我的身旁。孩子，我还想说，我并没有对你的到来绝望，一如我重新对生活感到了无所畏惧的崭新的希望！

第十三章

在天地，则气化流行，生生不息。

——清·戴震《孟子字义疏证道》

现在，我重又回到丽江，仍独自一人，仍住在"与你相逢"客栈。连续两天，我在古城转了几遍，关注几乎所有的旅行社或客栈组团的信息，都没有前往求子洞的这条路线。据称，那条线路原本就较少组团，现在淡季，更是被彻底取消了。惟一剩下的方式就是自己去搭乘私营客运车，在象山市场，一天会有一辆去宝山的车，具体出发时间不确定。也就是说，我要去求子洞，就只能先自个乘私营车到宝山后再做打算。

连续两天的下午，我都来到了四方街，坐在台阶上，观看广场上的人们在音乐声中跳舞。很欢快的舞曲，也很欢快的舞蹈，有年轻人在跳，而更多是中老年人，许多老年人都穿着蓝白色的纳西族服装。我沉浸在欢快的舞曲中，心情愉悦，眼前不时浮现男孩舞步的身姿、青春俊美的脸以及璀璨的笑容。这种舞步与那晚男孩所跳的不太一样，但曲调与节奏都是同样欢快。我感到生命的美好、生活的美好就正如此动态地展现着，展现在我的耳畔，我的眼前，再没有比这更为惬意的事了。太阳暖暖地照在身上。我从跳舞的人群开始汇聚，一直坐到跳舞的人群开始散去。

那么，孩子，让我们最后也来跳一段舞吧，真实的我，还有虚幻的你，也来跳一段舞。跳一段祈祷的舞。跳一段希望之舞。就在这个独立的空间，在这个命运将我推上的舞台，我们也来跳一段节奏欢快的舞。

我们自己编排的舞蹈。我们甚至可以给这样的舞蹈取个名字，就叫求子舞。这个舞蹈中也有低迷，有惶恐，有愤怒，有绝望，但它最终会高扬起来，会变得安详，充满希望的愉悦。这也并不是黑咕隆咚的舞台，而是充满了光亮，至少有两三处很明亮的光束在伴随着我们。它们像追光灯般地始终打在我们的身上，或者游离在身旁，始终存在，明亮而温暖。在舞蹈中，我是一个母亲，长发飘扬的母亲。我忘了告诉你，三年前，为了等待你的到来，我开始蓄头发，我的头发现在已经长得很长，漫过腰际与胸口，正伴随着我们一起舞蹈，曼舞飞扬……

现在，我们要到一个叫象山市场的地方去乘车，出租车会把我们带到那儿。从丽江到宝山石城据说只需四五个小时，不算久。我将密码箱和帆布袋都寄存在客栈，但或许不会再住，回来后，我会找一家理发店，剪掉这头沉重的蓄了三年之久的长发，然后一身轻松地从丽江飞回S城。这就是我最终的打算。孩子，现在，我终于找到了前往宝山的客车，车上只有三个乘客，然后又陆续来了三个，其中一个是个十来岁的小女孩。我几乎一眼就喜欢上了她。她背着书包样的背包，刚上车时带点懵里懵懂的神情；像是做过一番选择，她坐在了我旁边，这令我几分窃喜。她虽是有些羞怯的样子，但模样俊俏，看上去充满灵气，大大的眼睛，睫毛很长，看人时目光中既带着天真与好奇，又带着些认真与迷惑。我很愉快地跟她搭起了讪，基本上是我问什么，她回答什么。回答得很简洁，也不设任何防备。我问她多少岁了。她说十二岁。我猜测这应该是虚龄。我问她就自己一个人吗？她点了点头，算是回答。我说你这么小一个人出门在外不怕？她说不怕，有人送她上了车，就不怕了。我问她哪里人。她说宝山村。我此时尚不清楚宝山村就是宝山石城。我继续问她是纳西族的吗？她"嗯"了一声，说她们村全都是这个族的。我又问她怎么会讲汉语呢，而且讲得还不错。她说她上过学，上到小学四年级，然后就没有读了。我为此感到可惜，问她为什么不读了。她说家里不让她读了。我问为什么不让她读了。她说因为要帮家里种地。我问你这么小，就能帮家里种地吗？她说，她能，除了种地，还有放羊。她补充说，等她再长大点以后，她想学编织，织很多披肩和围巾去卖，她有一个姐姐就在丽江古城里面帮人织围巾和卖围巾。我开始发现这个小女孩似乎挺喜欢跟自己聊天，至少是一点也不讨厌。她主动告诉我，她其实是一半的纳西族人，还有一半是白族人，她母亲是纳西族的，父亲是白族的，她还有一个哥哥，一个弟弟，都还在读书，一个读初中，一个读小学。我问她哥哥弟弟都还读书，就她不读了，是不是很难过？她说，不难过？我问怎么会不难过呢？她回答，因为她以后还可以学编织。我听着，猜想这个女孩将来会是一名乐观主义者，不由会心地微笑了笑。

客车在八点半出发，却不是直接走，而是在丽江新城兜了兜，路上又上了三个客人，都是少数民族的，并且与女孩认识，女孩很开心地站起来与他们打招呼，说了些我听不懂的话。看样子，今天前往宝山的真正的游客只有我一人，其他人都像是沿途的村民，而事实也正是如此。好在身边坐了个既通汉语又精灵可爱的小女孩。我继续寻找话题跟小女孩聊天。在车真正出发、驶出丽江城之后，女孩似乎放开了来，开始反问我的问题。我一直笑着回答她。

当车不断沿着山路盘旋而上，我晕起了车，大概因为客车的汽油味比较重，我想如果车厢里能播放音乐的话，肯定会好很多，可惜没有。我一边勉强与小女孩继续说说话，一边观望窗外的风景。而小女孩的心思与热情似乎全到了我的身上，能感觉出她挺喜欢聊天，只是她自己找不出那么多的话题，于是不时地扭头看一看我，露出一副等我开口的神情。路越来越陡，车颠簸得厉害，我的晕车越来越明显，不得不更多地闭上眼睛休息；当客车爬向有着4000多米海拔的垭口时，我第二次发生了高原反应，浑身无力，呼吸紧促。小女孩看出了我的不舒服，却不知道怎么安慰我这样一个大人，只是沉静乖巧地不再打搅我。我靠着椅背，闭上眼睛，开始与无力、恶心、头晕与头疼等极度的不适做斗争，一分一秒，时间变得无比缓慢。在这样十分难受的时间段，我回想着自己寻找你的路途是如此艰辛，一直以来如此艰辛，不是平坦的通途，而是崎岖陡峭的路；不是顺应自然，而是荆棘丛生。但我必须忍耐住——我想，我已经承受住生命中的这一次巨大的磨难与考验，我将会变得更加勇敢与无畏，正如我出发时口中所念叨的：凡事杀不死你的，势必使你更坚强。

我呕吐了起来。女孩和其他乘客都颇关心，说着我听不懂的话。他们让司机停了车，我下车继续呕吐，小女孩也跟着下了车。呕吐完了，吸了吸新鲜的空气，感觉好了些，我带着女孩重新回到车上，开始昏昏欲睡。于我而言，昏睡能够使晕车症状减到最轻。

车最终抵达了宝山村下的停车场，还有几里的山路要爬。坐到终点站的只有我、女孩和最后上车的三人。走山路我总是跟当地人无法比，小女孩陪着我走在最后面。我越发感到这个小女孩喜欢自己，而我也是十分欢喜地喜爱着她。我是如此放心地喜爱着她，因为她是真实的。我不会拒绝去喜爱一个真实的孩子，因为这样的喜欢让我感到踏实和幸福。我逗着她说话，问她知道滴血求子洞怎么去么？小女孩说知道。

"要不你跟我一起去，我请你当我的向导，怎么样？"

"好啊。"小女孩说。

"我是说真的哦。"我说。

女孩将手一指，说："就在这座山，不远。我现在就带你去。"

"很近？"

女孩应了，说只要一个多小时就能到。

求子洞离石城如此之近，出乎我的预料，给我一种"梦里寻他千百度，蓦然回首，那人就在灯火阑珊处"的惊诧感。考虑到时间已晚，小女孩和我都很饿了，我们还是从寨门进了石城内，小女孩带我找到了一家客栈。我让主人炒了两个菜，要小女孩留下来一起吃。小女孩不肯，一个转身溜掉了，说她回家吃饭了就过来。

独个吃过饭，被带到二楼的一间客房，放下行李，赏了赏窗外层层叠叠梯田的风景，原本只是想小憩一会，不想却睡了一整觉，匆匆忙忙下楼，才知道小女孩已经来了两回，等了近一个小时。我抱歉地问她怎么不上去敲门。小女孩说，她上去敲过一回，估计我是睡着了，怕吵着我。

我牵住小女孩的手，跟她一道出发。她的手小而柔软，一个小孩的手，一个小女孩的手，牵着这样的手让我有种说不出的感动，有种说不出的幸福感，就仿佛牵着你的手，那么像是牵着你的手，第一次也是最后一次地牵着你的手，走在深广博大、风光旖旎的大自然之中。

"你是想生小孩吗？"小女孩发问。

"你怎么知道？"

"到那里去的都是想生小孩子的。"

"哦，那就是吧。"我点着头。

"你是想生男孩吧？"

"生男孩女孩都一样。"

"可是去那里的就是想生男孩的吧？"

"可我也喜欢女孩哦。"

"真的吗？"

"嗯。"

"你知道小孩是从哪里生出来的吗？"

"……你说从哪里生出来的？"

"……应该是从肚脐眼这儿吧。"

"这个……等你长大了你就知道了。"

"……"

"……"

"我想再问你个问题？"

"嗯，你问吧。"

"你说小孩子会老吗？"

"……你觉得呢？"

"我觉得不会。小孩子只会长大，怎么会老呢？"她反问我。

"嗯。你说的没错，小孩子是不会老的。"我认真地回答。

或许，小孩子真的是不会老的，至少在一个母亲的心中，孩子是永远也不会老的。或者说，既然已经定义为"小孩子"，也就无所谓老了，只是上一代小孩与下一代小孩的区别，就像周而复始的春天一样；一代又一代的孩子令春天永远驻在了人间，令人间永远都不会绝望和衰老……

孩子，你想知道生命的起源存在于哪儿吗？那么就像你眼前所见的，它既存在于大自然界之中，又存在于女人的身体内。乳色的泉水正源源不断地从形状恰似女人私处的洞穴流淌出来。大自然赋予了万事万物生生不息的能源，对于人类，这种能源通过这个洞穴、通过女性的私处向外流淌。这便是生命的起始之处。当我存在于大自然中时，我便天生已经具有了这种能源，你早已存在于我的体（卵巢）内，你需要通过我对你的诞生，而重新回到大自然的怀抱，使大自然得以生养不息。我这样说，你能听得懂吗？

孩子，我多么渴望自己同样能诞生下一个美丽的美好的生命，陪伴她（他）的成长；我多么期盼你的到来，从能量化作生命，跨过虚无，来到这个世间，来到我的身旁，既承担这世间的种种痛苦，更体验这世间的一切美好……体验我所体验到的，以及我未曾体验到的一切美好……我多么期望我不仅能给予你生命，还能给予你幸福，给予你一颗感恩大自然、感受美好的心……

"听说，这里要滴一滴血才更灵验的哦。"小女孩说。

"是吗？听谁说的？"我笑了笑，牵着小女孩的手离开。

当飞机冲入云霄，我恍惚真正看见了你。孩子，在那白云的深处，在那最柔最软的彼处，是你吗？真的就是你吗？是等待降落人间的你吗？你是否能听见我对你所述的这一切，是否能明白我对你有过的如此漫长如此深厚的情意？！

再见吧，孩子——